Dedicato alla scuola e a tutti gli studenti della lingua italiana, in particolare agli allievi del corso "Buon Appetito" della Dante Alighieri Comitato di Joinville, SC. Brasile.

I fatti e i personaggi descritti nel libro sono immaginari e frutto della fantasia dell'autore.
Finito di scrivere il 22/12/2023

IL GUSTO DELL'OMICIDIO

Un Delitto ai Pesci Vivi nella Notte di Capodanno

GIORNO 30/12/2023

Il vento gelido del mare accarezzava le finestre della casa di Giuseppe Pertignetti e Elisa Buttoni la sera del 30 dicembre.

La luce soffusa di una lampada da tavolo illuminava la stanza, creando un'atmosfera calda e intima.

Giuseppe, un uomo dall'aspetto distinto ma preoccupato, sedeva al tavolo, sfogliando nervosamente i documenti finanziari sparsi davanti a lui.

E' un uomo di circa 55 anni, un individuo che porta i segni dell'esperienza e della fatica sul suo volto.

La sua fisicità è testimonianza del duro lavoro e della dedizione alla sua professione. Con una statura media e una corporatura robusta, Giuseppe emana un'aura di forza e resilienza.

I capelli di Giuseppe, di un colore grigio, sono tagliati in modo pratico, riflettendo la sua natura di lavoratore impegnato.

La fronte porta i segni del tempo, come rughe o linee sottili, che raccontano la storia di anni di lavoro e responsabilità.

Il suo viso, con tratti marcati, riflette la sua determinazione e la sua dedizione al lavoro. Gli occhi di Giuseppe color marrone, profondi e penetranti, raccontano di lunghe giornate di impegno e di una saggezza maturata attraverso le sfide della vita.

Le mani di Giuseppe, forti e callose, sono il simbolo tangibile del suo impegno lavorativo, testimonianza di anni trascorsi a costruire e a lottare per il suo sostentamento e quello della sua famiglia.

Elisa, è una signora di circa 50 anni, possiede un'eleganza intramontabile che si riflette nel suo aspetto fisico.

La sua figura è ben proporzionata e conserva una forma quasi perfetta per la sua età. Con un portamento distinto e una grazia naturale, Elisa incarna la bellezza matura con un tocco di raffinatezza.

I suoi capelli, di un colore castano scuro, possono essere leggermente cosparsi di riflessi argentei, testimoni della saggezza accumulata nel corso degli anni. Il taglio dei capelli è scelto con cura per riflettere la sua personalità sofisticata.

Il viso di Elisa è un affascinante equilibrio tra la maturità e la vitalità. Gli occhi color acquamarina, le donano uno sguardo penetrante e riflessivo, riflettono la profondità delle sue esperienze di vita.

Le rughe sottili intorno agli occhi e alla bocca raccontano storie di sorrisi condivisi e momenti vissuti intensamente.

La pelle di Elisa, sebbene abbia i segni naturali dell'invecchiamento, è radiosa e ben curata. La sua eleganza traspare anche nella scelta di abiti che valorizzano la sua figura senza rinunciare alla comodità. Elisa incarna la bellezza che deriva dall'accettazione di sé e dall'esperienza di una vita vissuta con consapevolezza.

Elisa con occhi che riflettono una profonda preoccupazione, lo osservava attentamente.

Giuseppe: (sospirando) "Elisa, dobbiamo fare i conti con la nostra situazione finanziaria.

La perdita del lavoro ha colpito duro, e non so quanto tempo possiamo resistere così."

Elisa: (guardandolo con preoccupazione) "Lo so, Giuseppe. Stiamo cercando di far fronte alla situazione, ma non è facile. Abbiamo dei risparmi, i crediti da incassare, ma non so quanto possano durare."

Giuseppe: (annuendo) "Ho cercato lavoro ovunque, ma sembra che non ci siano molte opportunità in giro. Dobbiamo essere cauti con le spese."

Elisa: (stringendo le mani) "Capisco, Giuseppe. Ma dobbiamo anche cercare di vivere, di non farci sopraffare dalla situazione. Magari possiamo trovare un modo per superare questo momento insieme."

Giuseppe: (guardandola intensamente) "So che stai cercando di essere positiva, Elisa, ma la realtà è che non posso sopportare di vederti preoccupata per il nostro futuro".

Elisa: (con tristezza) "Giuseppe pensi che io non mi accorga di quanto ti sta pesando tutto questo? Non voglio che tu ti senta in colpa, Giuseppe. Siamo una squadra, no?"

Giuseppe: (accarezzandole la mano) "Hai ragione, amore. Dobbiamo affrontare tutto questo insieme. E ora, che ne dici se domani sera facciamo una pausa da tutto e andiamo a mangiare al Pesci Vivi? Sicuramente Alessandro ci farà un prezzo speciale, una serata speciale, solo noi due."

Elisa: (sorridendo) "Mi piacerebbe, Giuseppe."

Giuseppe: (deciso) "Ne abbiamo bisogno. Una serata per dimenticare i problemi e ricordare quanto ci amiamo. Non dobbiamo farci sopraffare dalla paura del futuro."

Elisa: (osservandolo con amore) "Se pensi che possiamo permettercelo, allora andiamo. Sarà la nostra fuga dal mondo reale per una notte."

GIORNO 31/12/2023

La sera del 31 dicembre, Giuseppe ed Elisa si prepararono per una serata speciale. La speranza brillava nei loro occhi, perché cercavano di dimenticare per un momento le preoccupazioni economiche. Tuttavia, sotto la loro apparente serenità, si nascondeva una gelosia reciproca, e la paura di perdere ciò che avevano costruito insieme.

Partirono dal centro di Albenga, percorrendo le strade illuminate da luci soffuse, mentre si dirigevano verso la costa. La strada che li portava al Pesci Vivi offriva una vista mozzafiato sul mare, con l'Isola Gallinara che si stagliava all'orizzonte. Il suono delle onde che si infrangevano sulla riva accompagnava il loro viaggio lungo la costa. Mentre percorrevano la strada costiera, potevano ammirare il panorama illuminato dalla luna, che faceva scintillare il mare come un manto di stelle.

Arrivati al ristorante Pesci Vivi, furono accolti dallo scintillio delle luci del ristorante e dal calore. Il ristorante era illuminato da una serie di luci soffuse e dalla luce riflessa sulla superficie scura del mare di fronte, emanava un'atmosfera festosa la sera del 31 dicembre .

Giuseppe Pertignetti e Elisa Buttoni arrivarono, sentendo l'odore salmastro del mare e il suono distante delle onde che si infrangevano sulla spiaggia.

Il ristorante aveva grandi finestre che offrivano una vista incredibile sull'Isola Gallinara, rendendo tutto magico. Quando entrarono nella sala principale, c'erano luci soffuse dalle candele, creando un'atmosfera intima e accogliente.

La sala era addobbata per la Festa di Capodanno, con tovaglie bianche e centrotavola scintillanti. Bicchieri di cristallo e posate d'argento scintillavano sulla tavola, mentre i camerieri, impeccabilmente vestiti, si muovevano con eleganza tra i tavoli.

Il proprietario Alessandro Giovinetti, un uomo con l'aria sicura e lo sguardo attento, li accolse personalmente.

Alessandro: (con un sorriso caloroso) "Benvenuti al Pesci Vivi! Siamo onorati di avervi qui per festeggiare il Capodanno. Sarà una serata indimenticabile." Giuseppe: (rispondendo al sorriso) "Grazie, Alessandro. Abbiamo bisogno di una serata speciale."

Alessandro li condusse al loro tavoli, posizionati strategicamente per godere appieno della vista sull'Isola Gallinara. I camerieri portavano piatti prelibati di pesce, creati con maestria dallo chef stellato Michelin Claudio Improta.

Le portate erano vere opere d'arte gastronomiche, con colori vivaci e sapori delicati. La cucina a vista, dominata dallo Chef Improta e dalla sua brigata, era un tripudio di movimenti coordinati e passione culinaria. I fuochi danzanti nelle padelle riflettevano l'entusiasmo di chi amava il proprio lavoro.

Claudio Improta: (rivolgendosi a Giuseppe e Elisa) "Benvenuti. Spero che apprezzerete la nostra cucina. Abbiamo preparato qualcosa di speciale per la serata."

Il menù preparato dallo Chef stellato per la serata di Capodanno era un viaggio culinario attraverso i sapori del mare, ricco di creatività e raffinatezza. Ogni portata era una sinfonia di ingredienti freschi e presentazione accattivante, mirata a deliziare i palati degli ospiti.

Antipasto: Mare in Festa

Una selezione di ostriche appena scelte dallo Chef, accompagnate da una salsa al limone e da piccoli cubetti di cetriolo marinato.

La freschezza del mare si mescola alla delicatezza acida della salsa, creando un antipasto leggero e raffinato.

Primo Piatto: Risotto all'Astice

Un risotto cremoso e al dente, arricchito con carne di astice fresco, prezzemolo e una spruzzata di limone.
La combinazione di sapori marini e la consistenza avvolgente del risotto crea un piatto elegante e delizioso.

Secondo Piatto: Branzino in Salsa Verde

Un filetto di branzino appena pescato, cotto alla perfezione servito con una salsa verde preparata con prezzemolo, pinoli, olio extravergine d'oliva, capperi e aglio Un pesce del mar Mediterraneo e un tocco di erbe aromatiche.

Contorno: Purea di Patate al Tartufo Nero

Una purea di patate vellutata, arricchita con il gusto deciso del tartufo nero.
Il contorno conferisce una nota terrosa e avvolgente al pasto.

Dessert: Delizia al Limone con Sorbetto alla Fragola

Una delizia al limone, leggera e soffice, servita con un sorbetto rinfrescante alla fragola.
Il dolce è un inno alla freschezza e alla dolcezza, che chiude il pasto con una nota positiva.

Il vini per accompagnare il menù erano selezionati dal sommelier Gennaro Lojacono

Vino Bianco: Vernaccia di San Gimignano 2017

Vino bianco fresco, aromatico della Toscana
con note floreali e retrogusto leggermente agrumato.
La sua acidità bilanciata è perfetta
per gli antipasti a base di ostriche.

Vino Rosso: Barolo Riserva 2013

Vino rosso corposo, con note di frutti rossi,
spezie e con elegante sentore di cuoio.
Il Barolo accompagna con raffinatezza il risotto all'astice
e il branzino in salsa verde.

Vino Dolce: Moscato d'Asti

Vino dolce e frizzante, con aromi di frutta tropicale e di fiori.
Il Moscato d'Asti esalta i sapori del
dessert al limone con il sorbetto alla fragola.

Brindisi di Capodanno:
Ferrari Trento 2010 Giulio Ferrari Riserva

Prodotto esclusivamente con uve Chardonnay

La selezione di vini di Gennaro Lojacono e il talento culinario di

Claudio Improta si fondevano armoniosamente, trasformando la serata di Capodanno al Pesci Vivi in un'esperienza gastronomica indimenticabile.

Il ristorante Pesci Vivi era avvolto da un'atmosfera festosa mentre l'orologio si avvicinava alla fatidica mezzanotte. Le luci soffuse e le risate degli ospiti creavano un caldo rifugio all'interno, mentre fuori il cielo si preparava a esplodere di colori grazie ai fuochi artificiali di Capodanno.

Giovanni, un appassionato del buon cibo, dopo l'antipasto di ostriche, assaporò il risotto all'Astice con occhi illuminati. La cremosità del risotto, la delicatezza della carne di astice e il tocco fresco del limone gli regalarono un'esperienza culinaria straordinaria.

Il suo viso si illuminò di soddisfazione mentre gustava ogni boccone, apprezzando la combinazione armoniosa dei sapori marini che si mescolavano perfettamente nella consistenza avvolgente del risotto.

Giovanni, un estimatore della cucina raffinata, non poté fare a meno di elogiare la maestria dello Chef Claudio Improta per aver creato un piatto tanto elegante e delizioso.

Elisa, dal canto suo, rimase incantata dal secondo piatto: il branzino in salsa verde. Il filetto di branzino, era cucinato alla perfezione, presentato sul piatto con la salsa verde. Il piatto incarnava la freschezza del branzino, e le erbe davano un tocco di sapore aromatico al pesce.

Elisa, amante della cucina leggera e gustosa, apprezza la delicatezza e l'equilibrio di questo piatto. La salsa verde, con il suo mix di ingredienti freschi, conferisce al branzino una nota vibrante e appagante. La sua esperienza gastronomica fu arricchita da ogni morso, e Elisa non poté fare a meno di condividere con Giovanni la sua approvazione per la prelibatezza del piatto e la maestria culinaria di Chef Improta.

La mezzanotte si avvicinava, Elisa volse le spalle a Giuseppe, guardando il Giuseppe ed Elisa, cullati dall'atmosfera magica, decisero di alzarsi in piedi per brindare insieme al momento clou della notte e preparandosi al gesto del brindisi e tanta gente si era riunita nella spiaggia del ristorante in attesa dei fuochi d'artificio.

Ad un tratto il cielo sopra l'Isola Gallinara si illuminò con una magica esplosione di fuochi pirotecnici.

Un tripudio di colori brillanti si dipana nel buio, creando un quadro spettacolare e suggestivo. I primi bagliori illuminano l'orizzonte con un rosso intenso, seguito da esplosioni di verde smeraldo e blu cobalto che si diffondono come riflessi sull'acqua del mare. Forme scintillanti prendono vita nel buio, trasformando il cielo in un balletto di stelle artificiali. Scie dorate e argento si librano nell'aria, disegnando arabeschi luminosi che si dissolvono lentamente, lasciando spazio a nuovi effetti visivi. I raggi multicolori si fondono e si sovrappongono, creando sfumature caleidoscopiche che dipingono il firmamento. Le stelle filanti di luce esplodono con fragore, regalando momenti di pura meraviglia. I boati dei fuochi si mescolano allo

sciacquìo delle onde che accarezzano la costa, creando un'atmosfera unica e indimenticabile.

L'Isola Gallinara diventa lo sfondo incantato di questo spettacolo, illuminata e avvolta in un'aura magica che rende la notte di Capodanno un momento di gioia e contemplazione, regalando a tutti un ricordo indelebile del passaggio all'anno nuovo.

Il momento del brindisi era pervaso da un'anticipazione elettrica, mentre i fuochi artificiali si riflettevano negli occhi di Elisa. Quando si voltò con il bicchiere alzato, pronta a condividere un brindisi speciale con suo marito, uno sguardo di incredulità si dipinse sul suo volto.

Giuseppe non c'era più.

Suspense ed agitazione si diffondono nell'aria, il ronzio di voci festose divenne un sottofondo lontano mentre Elisa cercava il marito con lo sguardo.

Le persone intorno a Elisa notarono la sua espressione confusa e cercarono di capire cosa stesse accadendo. Elisa, con il cuore che batteva forte, cominciò a muoversi freneticamente tra i tavoli, sperando di ritrovare Giuseppe nel fitto della folla.

La sua mente vagava tra l'incredulità, stupore ed ansia.
Che fine aveva fatto Giuseppe?
La domanda era nell'aria come una nuvola grigia, che contrastava la gioia della notte di Capodanno.
Elisa, con il cuore in tumulto, iniziò una ricerca affannosa tra i tavoli del Pesci Vivi.

La sua figura elegante, che poco prima irradiava gioia e serenità, si trasformò in un'ombra nervosa, mentre le mani tremanti stringevano il bicchiere.

Le persone intorno a lei iniziarono a notare l'agitazione di Elisa, e la festa si trasformò improvvisamente in uno scenario di confusione.

Elisa si avvicinò ai camerieri con occhi imploranti, la voce soffocata dalla paura e dall'incredulità. pronta a condividere un brindisi speciale con suo marito, uno sguardo di incredulità si dipinse sul suo volto.

Elisa: (agitata) "Avete visto mio marito, Giuseppe? Era qui con me proprio prima del brindisi, e ora... ora è scomparso."

I camerieri stupiti, guardandosi a vicenda cercarono di capire se avevano visto qualcosa di strano Nel frattempo, Elisa cercava freneticamente di trovare risposte, facendo domande agli altri ospiti.

Elisa: (con voce tremante) "Per favore, avete visto un uomo alto, vestito elegantemente? Mio marito, Giuseppe Pertignetti. Non lo trovo da nessuna parte." Le risposte erano vaghe e incerte. Alcuni scuotevano la testa negativamente, altri sembravano confusi. L'angoscia cresceva nei suoi occhi, mentre Elisa si rendeva conto che la scomparsa di Giuseppe non poteva essere ignorata.

Elisa, con le mani che stringevano convulsamente il vestito elegante, si avvicinò nuovamente ai camerieri, implorando una risposta.

Elisa: (con voce tremante) "Qualcuno deve sapere qualcosa. Per favore, aiutatemi a trovarlo. È come se si fosse volatilizzato nel nulla."

I camerieri, a quel punto, compresero la serietà della situazione e iniziarono ad aiutare Elisa nella ricerca di Giuseppe.

Le persone attorno a loro si unirono al tentativo di risolvere il mistero, ma la serata di festa era ormai velata da un senso di preoccupazione e inquietudine.

Elisa continuava a porsi domande, cercando disperatamente di comprendere cosa potesse essere accaduto al suo amato marito.

Un cameriere, Enrico, si avvicinò ad Elisa con un'espressione di preoccupazione sul volto, cercando di essere il più accurato possibile nel fornire le informazioni.

Enrico: (con cautela) "Signora, ho visto un uomo dirigersi verso la zona dei bagni poco prima che notasse la sua assenza. Tuttavia, la zona dei bagni qui al Pesci Vivi è un po' particolare. Ci sono due porte per i bagni, ma c'è anche la porta della cucina e un accesso al magazzino, che include la cella frigorifera e un passaggio che porta direttamente alla spiaggia."

Elisa, con gli occhi gonfi di lacrime e il cuore che batteva, fissò il cameriere cercando risposte.

Elisa: (agitata) "Sì. Conosco bene il ristorante"

Il cameriere annuì e indicò la posizione.

Enrico (aggiunse) "Attenzione, c'è confusione, ma è lì che deve cercare."

Elisa ringraziò il cameriere con uno sguardo determinato, pronta a seguire ogni pista che potesse condurla a Giuseppe. Si avviò verso la zona indicata, attraversando la porta e trovandosi di fronte ad una scelta di percorsi.

La sua ricerca si faceva sempre più intensa, mentre l'atmosfera festosa del ristorante restava alle sue spalle, sostituita dall'eco dei passi solitari e dalla speranza di ritrovare suo marito.

Elisa, si trovò di fronte a una serie di alternative: i bagni a sinistra, la cucina a destra e il magazzino dritto davanti a sé.

Decise di iniziare dai bagni, pensando che avesse avuto un bisogno urgente o un malore, chiamando a gran voce il nome di suo marito, sperando che la sua voce potesse raggiungerlo ovunque fosse.

Il bagno maschile si rivelò vuoto, così come quello femminile.

Elisa: (chiamando) "Giuseppe! Dove sei?" Nessuna risposta.

La cucina si presentava come un vortice di attività frenetica, tra cuochi che si muovevano con precisione e pentole bollenti che sibilavano sul fuoco.

Elisa, ignorando le occhiate sorprese dei cuochi, entrò in cucina, sperando che suo marito potesse essersi intrufolato lì per qualche motivo.

Elisa: (chiedendo) Avete visto mio marito? Ha lasciato il nostro tavolo e non riesco a trovarlo.

I cuochi, anche se visibilmente imbarazzati, negarono di aver visto Giuseppe.

Risoluta a non arrendersi, Elisa si diresse verso la porta del magazzino, girava la maniglia, ma la porta non cedette. Era chiusa a chiave.

Elisa: (gridando) "Giuseppe! Sei qui dentro?" Silenzio, l'unica risposta era il suono freddo della porta chiusa.

Elisa allora si diresse verso l'oscurità del parcheggio, sperando di trovare qualche traccia di suo marito.

Il luogo era in un manto di penombra generata da pallide le luci lontane che rivelavano le sagome delle auto parcheggiate e con passo incerto, si avvicinò alla loro auto.

Tirò fuori le chiavi e sbloccò l'auto, aprendo la portiera con il cuore in gola. Mentre si chinava per guardare all'interno, la luce interna dell'auto svelò un interno vuoto. Nessuna traccia di Giuseppe.

Elisa: (sussurrando) "Giuseppe, dove sei?"

Elisa scrutò l'oscurità circostante, come se sperasse che suo marito potesse emergere da qualche angolo nascosto. Tuttavia, il parcheggio rimase immerso nel silenzio, interrotto solo dal lontano rumore delle onde.

Elisa girò intorno all'auto, cercando qualsiasi segno che potesse darle qualche indicazione.

Non c'erano indizi, solo l'oscurità della notte.

Sotto il bagliore flebile di un lampione, Elisa si trovò a fissare il cellulare nelle sue mani tremanti. L'idea di chiamare la Polizia le sfiorò la mente, ma la paura di ciò che avrebbe potuto scoprire la trattenne per un istante.

Elisa: (urlò) "Giuseppe, per favore, fatti sentire sentire. Dove sei?"

Chiuse la portiera dell'auto, sperando che suo marito sarebbe riapparso, al più presto.
Con passo titubante rientrò nel Pesci Vivi. Tuttavia, ora la festa era svanita, sostituita dalla sua angoscia palpabile.
Il calore della sala sembrava essere evaporato, lasciando spazio a un'atmosfera carica di tensione.

Alessandro Giovinetti, il proprietario del ristorante, la notò e le andò incontro.

Con occhi preoccupati, si avvicinò mentre si dirigeva verso il tavolo dove avevano iniziato la loro serata.

Alessandro: (con gentilezza) Elisa, cosa sta succedendo?

Elisa, gli occhi gonfi di lacrime, si sedette, cercando di trovare le parole per esprimere la sua crescente preoccupazione per Giuseppe.

Elisa: (con voce rotta) "Alessandro, Giuseppe... è sparito. Non so dove sia."

Il volto di Alessandro si contrasse in un'espressione di sgomento.

Alessandro: (con preoccupazione) Cosa intendi "sparito"? Dove è Giuseppe?

Elisa cercò di spiegare la situazione nel modo più coerente possibile, descrivendo l'attimo in cui suo marito era misteriosamente scomparso mentre si preparavano per brindare a mezzanotte.

Alessandro: (toccando la spalla di Elisa) "Calmati, Elisa. Forse è uscito per un momento, magari è andato a prendere una boccata d'aria. Ci sono molte possibilità".

Tuttavia, la preoccupazione di Alessandro cresceva mentre ascoltava la storia e si rese conto che la situazione era più seria di quanto avesse immaginato inizialmente. Alessandro: (serio) "Aspetta qui. Chiamerò la polizia. Non possiamo perdere tempo in situazioni del genere." Alessandro si allontanò rapidamente, lasciando Elisa seduta al tavolo.

Mentre attendeva, le voci degli altri avventori sembravano affievolirsi, lasciando Elisa sola nei suoi pensieri e nella sua angoscia crescente.

Alessandro, si allontanò dal tavolo di Elisa e raggiunse il bancone del Pesci Vivi. Prese il suo telefono cellulare e compose il numero del NUE 112, il Numero Unico di Emergenza.

Alessandro: (al telefono) "Pronto, sono Alessandro Giovinetti, proprietario del ristorante Pesci Vivi ad Albenga. Ho un'emergenza. Un cliente è scomparso misteriosamente questa sera durante la cena del Veglione di Capodanno. Si chiama Giuseppe Pertignetti, Sì, ci troviamo ad Albenga, lungo la costa."

La voce dal telefono del NUE 112 rispose con professionalità e calma.

Voce al telefono: (dal NUE 112) "Se ha uno smartphone invii a questo numero 1123 una foto della persona scomparsa, con nome e cognome, altrimenti la porti alla centrale di Polizia di Albenga Abbiamo preso nota della sua segnalazione, signor Giovinetti. Faremo il possibile per aiutarla. La invitiamo a recarsi presso la centrale di polizia di Albenga domani mattina per fornire ulteriori dettagli e firmare la denuncia."

Alessandro: (al telefono) "Va bene, capisco. Domani mattina saremo lì. Adesso cerco d'inviarle una foto, Grazie."

Il telefono fu riagganciato, e Alessandro si avvicinò nuovamente a Elisa, cercando di mantenere la calma mentre le comunicava la necessità di recarsi in centrale il giorno successivo.

Alessandro: (a Elisa) "Hanno preso nota della scomparsa di Giuseppe e ti chiedono se puoi inviare una foto con nome e cognome a questo numero 1123 e di recarti alla centrale di Polizia ad Albenga domani mattina per ulteriori dettagli e per la firma della denuncia."

Elisa annuì.

L'idea di dover affrontare la realtà del giorno successivo le creava molto disagio e preoccupazione. Sconvolta e frastornata, lasciò il ristorante Pesci Vivi accompagnata da Alessandro, il proprietario. La strada sembrava avvolta in un silenzio irreale, rotto solo dal fruscio del vento e dal ronzio occasionale di qualche auto che passava.

Il viaggio verso casa fu silenzioso. Elisa guardava fuori dal finestrino, gli occhi persi nell'oscurità della notte. I fari delle altre auto illuminavano sporadicamente il suo volto pallido e smarrito
Arrivarono a casa alle 02:52 del 01/01/2024.

Il vento gelido le sferzò il viso mentre scendeva dall'auto. La casa, era illuminata da una luce fioca.

Alessandro la accompagnò fino alla porta, cercando di trasmetterle un minimo di conforto.

Alessandro: (con gentilezza) "Elisa, sono davvero dispiaciuto per quanto sta accadendo. Cercheremo di fare tutto il possibile per aiutarti a capire cosa sia successo a Giuseppe. Non esitare a chiamare se hai bisogno di qualcosa."

Elisa annuì, ma non fu capace di trovare le parole giuste per ringraziarlo.

Entrò in casa, sentendosi sola in una realtà improvvisamente diversa. Le pareti che conosceva così bene sembravano chiudersi su di lei, e il silenzio dell'abitazione amplificava l'assenza di suo marito.

Un cameriere, che aveva seguito Alessandro con un'altra macchina, riportò il proprietario al ristorante .

Elisa, in preda a mille pensieri, si trovò sola nella sua camera da letto. La luce fioca delle lampade creava un'atmosfera ovattata, ma il letto, solitamente un rifugio accogliente, sembrava ora un luogo estraneo.

Nella sua mente pesava l'assenza di Giuseppe, il mistero della sua scomparsa, e il tentativo di trovare una spiegazione logica le sfuggiva.

Si spogliò, liberandosi dei di vestiti che indossava. Si avvolse nel pigiama, sentendo il morbido tessuto sulla pelle, ma la sensazione di comfort che solitamente le dava sembrava ora un ricordo lontano. Il letto, con le lenzuola appena cambiate, invitava al riposo.

Elisa si distese, cercando di abbandonarsi alla routine notturna, ma la mente era un turbine di domande senza risposta.

Si chiusero gli occhi e il sonno ebbe il sopravvento. L'alba entrò dalle persiane socchiuse, disegnando figure dorate sulla parete della camera da letto di Elisa.

GIORNO 01/01/2024

Al risveglio, per un breve istante, la confusione tra sogno e realtà avvertì la sua mente. Cercando di scacciare il torpore del sonno, si strofinò gli occhi e il suo primo pensiero fu quello che tutto ciò che le era accaduto poteva essere un incubo che era sfumato alla luce del nuovo giorno. Ma man mano che la stanza prendeva forma attorno a lei, Elisa si rese conto che qualcosa non andava. Il lato vuoto del letto e dove avrebbe dovuto trovarsi Giuseppe, ma non c'era traccia di lui. Una sensazione di vuoto le stringeva il petto, mentre cercava di respingere l'idea che si era formata nella sua mente ancora annebbiata dal sonno.

Si alzò di scatto, cercando la presenza di Giuseppe nella casa silenziosa.

Il suo nome echeggiava tra le pareti vuote, ma solo il silenzio le rispondeva.

Un senso di angoscia crescente la avvolse quando capì che non c'era alcuna risposta al suo appello, non era tornato a casa.

Elisa si affacciò dalla finestra della camera da letto, scrutando il panorama esterno nella speranza di vederlo tornare da qualche parte.

Niente, solo il paesaggio immutato dall'oscurità della notte, senza alcun segno del marito.

Con il cuore che le batteva furiosamente nel petto, Elisa attraversò la casa, cercando ogni stanza, sperando di trovare Giuseppe nascosto da qualche parte.

La sua voce tremante richiamava il suo nome, ma il solo suono che risuonava era il rimbombo delle sue stesse preoccupazioni.

Fece una rapida discesa verso l'ingresso, afferrando le chiavi dalla mensola.

La consapevolezza la colpì come un pugno nello stomaco.

Giuseppe non era solo scomparso dalla casa, ma anche dalla sua vita quotidiana.

L'incertezza e la paura si riflettevano nei suoi occhi mentre tornava nella stanza da letto per afferrare il telefono.

Con mani tremanti compose il numero di Alessandro, il proprietario del Pesci Vivi, nella speranza che avesse notizie rassicuranti.

La voce di Alessandro, dall'altra parte della linea, cercò di calmarla, ma le parole non potevano dissipare il buio che si era impadronito del suo cuore.

Davanti all'abisso dell'incertezza, Elisa si sentì sola e vulnerabile, abbandonata a una realtà che le sfuggiva di mano.

Elisa aveva la mente confusa, i pensieri che si accavallavano, perché cercavano di dare, senza un risultato una spiegazione logica alla scomparsa improvvisa di Giuseppe. Guardava ogni angolo della casa, cercando indizi invisibili che rivelare il mistero della sua sparizione. Cercando di mantenere la calma, Elisa iniziò ad esaminare mentalmente gli eventi della serata precedente

Ricordava con chiarezza l'atmosfera festosa al Pesci Vivi, il suono delle onde, la deliziosa cena e i sorrisi scambiati con Giuseppe.

Tutto sembrava normale fino a quando si erano alzati per brindare a mezzanotte, il momento in cui la sua realtà aveva iniziato a sgretolarsi.

"È impossibile che se ne sia andato volontariamente," sussurrò tra sé Elisa, afferrando qualsiasi ragionamento che potesse giustificare la sua scomparsa. "Forse si è sentito male, o un malore improvviso o forse è uscito a prendere una boccata d'aria e si è perso."

Le ipotesi si susseguivano nella sua mente, alcune più plausibili di altre, ma nessuna poteva spiegare completamente l'assenza di Giuseppe.

La sua immaginazione iniziò a dipingere scenari sempre più inquietanti, ma Elisa lottava contro l'impulso di cedere al panico.

" Devo chiamare l'ospedale, la polizia."

Con passo incerto, afferrò il telefono, ma non compose il numero delle autorità locali.

Le domande si susseguivano nella sua mente mentre aspettava che qualcuno rispondesse, cercando di trovare un senso a una realtà che si sgretolava sempre di più.

Le risposte che Elisa si era data, come "si è sentito male" o "un malore improvviso", o "si è perso" iniziarono a perdere senso nel vuoto della sua mente.

Se Giuseppe avesse avuto un incidente o un malore improvviso, ci sarebbero dovute essere tracce, qualcuno che avesse prestato soccorso, o almeno un segno della sua presenza.

Ma non c'era nulla che potesse suggerire cosa fosse accaduto veramente.

"Chi gli ha prestato soccorso? E perché non si è fatto vivo?" si chiese Elisa, la voce interna martellante nella sua testa mentre cercava freneticamente una spiegazione logica.

"Si è perso" ? In un luogo che conosce da bambino?!!!

Nel tentativo di risolvere il mistero, la mente di Elisa vagò tra ipotesi e supposizioni.

Forse qualcuno lo aveva visto in difficoltà e lo aveva aiutato, portandolo via per fornirgli soccorso. Ma se fosse stato così, perché non avrebbero avvisato Elisa?

Il senso di impotenza cresceva in lei, poiché nessuna delle

risposte che immaginava sembrava avere senso.

"È come se si sia semplicemente dissolto nel nulla," sospirò Elisa, seduta sul bordo del letto, cercando di afferrare un barlume di razionalità.

Le ore passavano lentamente, mentre Elisa, nel tentativo di risolvere il puzzle della scomparsa di Giuseppe, oscillava tra la speranza e la disperazione.

Aveva fatto una ricerca frenetica nella zona circostante, interrogando ogni persona che poteva trovare, ma nessuna pista sembrava portare a una soluzione.

Con il passare del tempo, la sua angoscia cresceva, alimentata dall'assenza di notizie e dalla mancanza di risposte concrete.

La sua mente oscillava tra scenari cupi e possibilità ancora più inquietanti, mentre il vuoto lasciato dalla sparizione di Giuseppe si allargava, inghiottendo ogni speranza di una risposta immediata.

Elisa, travolta dall'angoscia e dalla mancanza di notizie sul marito, decise di recarsi al posto di Polizia in Piazza Caduti di Nassiriya per formalizzare la denuncia di scomparsa.

Giunta alla stazione di Polizia, fu accolta da un'agente di guardia all'ingresso.

L'agente, con voce calma e professionale, le comunicò che il Vice Commissario Ridaldi era pronto ad accoglierla e ad assistere nella procedura di denuncia.

L'uomo, con un gesto cortese, le indicò la direzione da prendere, per recarsi dal Vice Commissario Ridaldi.

La stanza del Vice Commissario si trovava in una zona più riservata della stazione, un luogo in cui prendere decisioni e svolgere incarichi più importanti.

Questo momento segnò l'inizio ufficiale delle azioni intraprese dalle autorità per risolvere il mistero della scomparsa di Giuseppe Pertignetti.

Elisa, con il cuore pesante e ansiosa di ottenere risposte, si diresse verso l'ufficio del Vice Commissario Ridaldi, dove sperava di trovare sostegno e soluzioni alla crescente incertezza che si era abbattuta sulla sua vita.

L'ufficio di Ridaldi era una stanza con pareti grigie, dominata da una scrivania in legno massiccio. Cartelle e documenti ammucchiati rivelavano l'attività quotidiana della Polizia .

Il Vice Commissario, un uomo con l'aria severa ma professionale, si alzò quando Elisa entrò.

Vice Commissario Ridaldi: (con un'espressione compassionevole) "Signora Pertignetti, mi dispiace molto per la situazione.

Sono qui per aiutarla nel processo di denuncia, per favore, si accomodi."

Elisa si sedette nervosamente su di una sedia di fronte alla scrivania, cercando di rimanere composta nonostante l'ansia che le serrava il petto.

Il Vice Commissario si sedette davanti al computer iniziando a compilare il rapporto di scomparsa.

Vice Commissario Ridaldi: (con gentilezza) "Ora, dobbiamo raccogliere tutte le informazioni disponibili su suo marito. Nome completo, data di nascita, occupazione…"

Elisa rispose alle domande di Ridaldi con voce ferma, anche se la preoccupazione si leggeva chiaramente nei suoi occhi.

Ridaldi prese nota con precisione, cercando di offrire un minimo di conforto con la sua presenza solidale.

Vice Commissario Ridaldi: (con comprensione) "Capisco che questo sia un momento difficile.

Faremo tutto il possibile per ritrovare suo marito.

Abbiamo bisogno della sua collaborazione per avviare le indagini."

Dopo aver compilato il rapporto, il Vice Commissario indicò a

Elisa di firmare il documento.

Vice Commissario Ridaldi: (con serietà) "Questa è la sua denuncia ufficiale di scomparsa.

La terremo aggiornata su ogni sviluppo nelle indagini.

Nel frattempo, cerchi di mantenere la calma. Faremo il possibile per risolvere questo caso."

Elisa firmò il rapporto con mano tremante, consapevole che quel foglio di carta rappresentava l'inizio di un'angosciosa attesa.

Mentre si alzava dalla sedia, il Vice Commissario la guardò con sincerità.

Vice Commissario Ridaldi: (con gentilezza) Siamo qui per aiutarla, Signora Pertignetti, non esiti a contattarci se ha ulteriori domande o se le viene in mente qualcosa di rilevante.

Con quelle parole di conforto, Elisa lasciò l'ufficio della polizia.

La strada davanti a lei sembrava incerta e tempestosa, ma doveva affrontarla per scoprire cosa era successo a Giuseppe.

Nel suo angoscioso cammino verso casa, si accorse improvvisamente di non avere il cellulare di Giuseppe.

Con mani tremanti, cercò febbrilmente il telefono del marito nel taschino della borsa, ma senza successo.

L'idea che il telefono di Giuseppe potesse rivelare qualche indizio sulla sua scomparsa la colpì come un fulmine.

Sapeva che era giunta l'ora di affrontare la realtà, e quel dispositivo potrebbe fornire qualche traccia utile.

Con gesti affannati, prese il suo telefono e spinse sulla scritta "Amore mio" della rubrica componendo il numero di Giuseppe.

La chiamata ebbe come risposta "il cliente da lei chiamato è per il momento irraggiungibile" e questo non fece altro che alimentare ulteriormente la sua ansia.

Elisa, nella speranza di ottenere qualche informazione, chiamò il ristorante Pesci Vivi

Il telefono squillò più volte prima che Alessandro Giovinetti, il proprietario del ristorante, rispondesse.

Alessandro: (con tono cordiale) "Pesci Vivi, buongiorno."

Elisa: (con voce ansiosa) "Buongiorno a te, sono Elisa, scusa se ti disturbo, ma ho bisogno di sapere se avete trovato il cellulare Giuseppe."

Alessandro: (con sincera preoccupazione) "Mi dispiace molto Elisa. ma purtroppo, non abbiamo trovato nessun cellulare."

Questa mattina ho dato ordine ai camerieri di controllare se c'era qualcosa pertinente e Giuseppe, hanno controllato accuratamente la zona dei tavoli e il percorso verso l'uscita, ma non c'era nulla.

Elisa, ora completamente sconvolta, ringraziò a malincuore Alessandro per l'informazione.

Chiuse la chiamata e si ritrovò in una situazione sempre più intricata e misteriosa.

Senza una risposta del cellulare di Giuseppe, si sentiva privata di un importante collegamento con lui, e la sua preoccupazione cresceva a dismisura.

Con il cuore affondato nell'angoscia, Elisa proseguì il suo cammino verso casa, desiderando ardentemente di trovare risposte al mistero della scomparsa di suo marito.

Elisa, preoccupata e con un tono di voce impaziente, chiama la sua cognata Miranda:

Elisa: "Miranda, ciao, sono Elisa. Ho davvero bisogno di vederti. Devo dirti una cosa, ma preferisco non parlarne al telefono. Puoi venire a casa mia il prima possibile?"

Miranda: "Oh, Elisa, certo. Sono preoccupata. Cosa succede?"

Elisa: "Non posso spiegarti ora, ma è importante. Puoi raggiungermi a casa fra mezz'ora?"

Miranda: "Sì, certo. Sarò lì il prima possibile. Ma dimmi, cos'è successo?"

Elisa: "Te lo spiegherò quando arrivi. Grazie mille, Miranda."

La telefonata si conclude con l'incertezza di Miranda e l'urgenza di Elisa nel condividere qualcosa di importante che non può aspettare.

Mezz'ora dopo Miranda arriva a casa del fratello

Elisa, visibilmente scossa e con gli occhi gonfi di lacrime, si siede accanto alla cognata Miranda nel soggiorno di casa.

Le mani le tremano leggermente mentre cerca di raccontare quanto accaduto la notte tra il 31 dicembre e il 1 gennaio al ristorante Pesci Vivi.

Elisa: (con voce tremante) Miranda, non so nemmeno da dove cominciare.

La nostra serata speciale al Pesci Vivi è diventata un incubo. Giuseppe... Giuseppe non è tornato a casa.

Miranda: (preoccupata) Cosa intendi? Dov'è Giuseppe?

Elisa: (singhiozzando) "Durante la mezzanotte, quando tutti si alzavano per vedere i fuochi, Giuseppe è scomparso.

Ci siamo alzati per brindare, ma quando mi sono girata per cercarlo, non c'era più."

Miranda: (sguardo incredulo) "Come è possibile? Dove potrebbe essere andato?"

Elisa: (crollando le spalle) "Non lo so, Miranda.

Abbiamo cercato dappertutto. Ho chiesto al personale del ristorante, ma nessuno lo ha visto. È come se si fosse semplicemente dissolto nell'aria."

Miranda: (presa dallo sgomento) "Ma... potrebbe essere uscito per un motivo qualsiasi?"

Elisa: (scuotendo la testa) "No, non ha senso. Non c'era motivo per cui volesse andarsene in fretta. (pausa) E poi, la cosa più strana... un cameriere mi ha detto che lo aveva visto dirigersi verso i bagni, ma quando sono andata lì, non c'era traccia di lui."

Miranda: (con occhi preoccupati) "Forse ha avuto un malore o si è sentito male?"

Elisa: (con sgomento) "Non lo so, Miranda. Non c'è alcuna spiegazione logica.

Ho cercato ovunque, in cucina, nel magazzino, persino verso la spiaggia, ma niente. E poi, ho chiamato la Polizia. Stanno indagando sulla sua scomparsa."

Miranda: (stringendo Elisa) "Dobbiamo sperare che Giuseppe sia sano e salvo da qualche parte. La Polizia troverà una spiegazione."

Elisa: (con gli occhi lucidi) Sì, dobbiamo sperare. Ma nel frattempo, non so come affrontare tutto questo.

Le due donne rimangono sedute nel silenzio, strette l'una all'altra, in attesa di notizie che potrebbero cambiare le loro vite.

GIORNO 02/01/2024

Toirano è un affascinante comune situato a circa 11 km a Nord Est di Albenga. La sua posizione geografica incantevole è favorita dalla vicinanza al mare e dalla presenza delle Grotte di Toirano.

Per raggiungere le grotte dalla città di Albenga, è necessario seguire prima la via Aurelia SS 1 verso Est e poi a Borghetto S. Spirito prendere la Strada Provinciale 1, procedendo verso Nord.

Percorrendo la strada provinciale, si vede Toirano, un pittoresco paese tra colline liguri. La strada per arrivare al centro storico è tortuosa e il panorama offre vedute mozzafiato sulla campagna circostante.

Alla fine del paese girando a destra dalla Strada Provinciale 1, si raggiungono le Grotte di Toirano.

Il percorso attraverso la montagna aggiunge un tocco di avventura al viaggio, creando un'atmosfera suggestiva che anticipa la meraviglia nascosta delle grotte. Varcando l'ingresso delle grotte ci si trova di fronte ad uno scenario dove la terra rivela i suoi misteri sotterranei, una porta a un viaggio straordinario nel cuore della storia naturale e geologica della regione Liguria. Le Grotte di Toirano, sono un'avventura unica, misteriosa e affascinante.

Dopo essere entrati, ci si trova in un mondo di stalattiti e stalagmiti, scolpite con pazienza dai millenni dalle gocce d'acqua che cadono. La luci soffuse illuminano le forme uniche e le strane figure che si sono venute a creare nel corso di millenni.

All'interno delle grotte troviamo sale decorate naturalmente, ognuna con la propria storia geologica. Vi sono formazioni rocciose, colonne imponenti e cascate di stalattiti che piovono dal soffitto.

La sensazione è quella di camminare in un regno sotterraneo, surreale ed affascinante. Reperti archeologici testimoniano che sin dai tempi preistorici vi era la presenza umana.

I visitatori possono immaginare la vita degli uomini primitivi che, in epoche remote, hanno utilizzato queste caverne come rifugio. L'accompagnamento sonoro dell'acqua che gocciola e il susseguirsi di sale e gallerie contribuiscono a creare un'esperienza unica.

Le Grotte di Toirano sono un viaggio geologico e un viaggio nel tempo. I visitatori hanno la possibilità di ammirare le ere millenarie nascoste sotto la superficie della terra.

Il 2 gennaio 2024, alle ore 06.30 il guardiano Angelo Drone fa la sua consueta ispezione delle Grotte di Toirano prima dell'apertura al pubblico.

L'atmosfera nelle prime ore del giorno è tranquilla e le prime luci del mattino penetrano all'interno dell'ingresso delle grotte.

Armatosi di torcia elettrica, Angelo inizia il suo giro di controllo, esplorando i diversi tunnel e passaggi delle grotte. Mentre si avanza più in profondità, la temperatura si abbassa leggermente, e il suono delle gocce d'acqua che gocciolano crea un sottofondo suggestivo.

Alla fine del tunnel che porta all'uscita oltre le sbarre di protezione, Angelo nota qualcosa di insolito. La sua torcia illumina una figura immobile distesa a terra. Avvicinandosi con cautela, la sua mente fatica a elaborare la scena: è il corpo di un uomo. Il corpo è immobile, la posizione e l'espressione del viso suggeriscono una tragica scoperta.

Angelo nota qualcosa di ancor più inquietante: la gola del corpo presenta il segno ben visibile di una piccola, ma perfetta linea, come se un filo l'avesse stretta e rimane attonito di fronte a una scena così orribile.

Con la torcia che illumina il macabro dettaglio, tra angoscia e shock, comprende la gravità della situazione. Controlla i segni vitali, cercando segni di respiro o movimento, ma è evidente che ogni tentativo di soccorso è ormai inutile. In uno stato di angoscia, orrore e professionalità, Angelo chiama immediatamente i soccorsi e il responsabile del sito.

L'atmosfera serena delle Grotte di Toirano viene improvvisamente scossa da questa inaspettata tragedia, gettando un'ombra sulle bellezze naturali secolari.

Dopo la macabra scoperta del corpo all'interno delle Grotte di Toirano, la direzione del sito agisce con prontezza. Preservando la scena del crimine, decidono di chiamare immediatamente le autorità competenti. Una telefonata urgente viene effettuata alla Polizia, informando dell'accaduto e richiedendo la presenza degli investigatori sul luogo.

Contestualmente, la direzione contatta anche la Pubblica Assistenza di Borghetto San Spirito, consapevole che il coordinamento con gli operatori sanitari è cruciale in situazioni di emergenza.

La richiesta di assistenza medica è inoltrata per garantire una gestione adeguata della situazione e per effettuare le operazioni necessarie e la conferma del decesso.

L'eco della tragedia che si è svolta nelle profondità delle grotte si riflette nei volti preoccupati delle responsabilità del sito. In attesa della risposta delle autorità, c'è una palpabile ansia nell'aria, mentre l'eco delle parole pronunciate al telefono fluttua nell'aria delle Grotte di Toirano, creando un contrasto sconcertante con la bellezza naturale delle formazioni rocciose circostanti.

Il Vice Questore Gigliola Zanzi, una figura di autorità con una presenza decisa e professionale, si trova seduta nel bar di fronte al Commissariato di Albenga insieme a tre suoi colleghi.

La luce del locale evidenzia la sua eleganza sobria e la serietà del suo ruolo.

Gigliola indossa un completo scuro, una giacca ben tagliata che sottolinea la sua figura determinata.

La camicia bianca impeccabile è abbinata a un foulard dal colore sobrio.

Pantaloni neri eleganti completano il suo outfit, mentre le sue scarpe sono adatte all'occasione e in linea con il suo stile impeccabile.

I capelli, pettinati, cadono in morbide onde che accentuano la sua femminilità senza compromettere l'autorità che emana.

Un paio di orecchini discreti completano il look, sottolineando la sua attenzione ai dettagli.

Seduta con fare sicuro, conserva un'aria di autorità, una figura rispettata dai suoi colleghi.

Gigliola Zanzi è nata nel 1980 a Norcia e si è laureata a Roma in giurisprudenza.

Dopo aver frequentato la Scuola Superiore di Polizia con indirizzo psicologico, ha iniziato la sua carriera nella Polizia.

Una carriera caratterizzata da incarichi e responsabilità sempre più crescenti.

È nota per la sua professionalità e il suo senso di giustizia, cercando sempre la verità dietro ogni caso. Il 15 dicembre 2023, è stata trasferita ad Albenga come Vice Questore, assumendo un ruolo chiave nella risoluzione di crimini e nell'assicurare la sicurezza della comunità locale.

Giglola è legata sentimentalmente con un pilota dell'aeronautica militare di nome Luciano.

La loro relazione è un viaggio attraverso l'incertezza e la paura, un'odissea emotiva che si svolge tra la dolcezza degli incontri e l'amarezza delle separazioni.

Gigliola è ancorata a Luciano con legame tanto profondo quanto etereo, poiché la sua presenza è spesso solo un'ombra lontana, un riflesso fugace nei momenti di connessione virtuale.

Il loro rapporto si sviluppa in un paesaggio sospeso tra il cielo, dove Luciano vola, e la terra, dove Gigliola attende con il cuore carico di amore e preoccupazione.

L'amore di Gigliola e Luciano emerge come una forza inarrestabile, un legame che sfida le barriere fisiche e sfuma le distanze. La loro storia è un inno all'amore che supera le difficoltà e alle emozioni che resistono alle prove del tempo e dello spazio.

Gigliola, mentre tiene in mano una tazza di caffè, ride insieme ai colleghi, ricordando divertiti gli eventi della notte di Capodanno e discutendo di quanto si siano divertiti.

Nonostante il contesto informale del bar, conserva un atteggiamento attento, riflettendo l'impegno e la dedizione che mette nel suo lavoro.

Mentre è seduta al tavolo del bar con i colleghi, sente improvvisamente il suono insistente del suo telefono.

Estrae il dispositivo dalla borsa con gesto rapido e, al rispondere, la sua espressione serena si trasforma in una concentrazione intensa.

La notizia del ritrovamento di un corpo alle Grotte di Toirano attraversa il cellulare, lasciando una tensione nell'aria.

Alzando lo sguardo dai colleghi, annuisce gravemente, mettendo fine alla momentanea spensieratezza della conversazione.

Rivolgendosi ai suoi collaboratori, dichiara con voce ferma:

"La festa è finita, ragazzi. Iniziamo l'anno col morto."

La sua autorità naturale emerge ancora di più in questo momento, e il tono deciso della sua voce suggerisce che la situazione è seria.

Mentre si prepara a lasciare il bar, il Vice Questore trasmette la consapevolezza del dovere che la guida, anche se la festa di Capodanno si è trasformata improvvisamente in un'inizio d'anno carico di incertezze e misteri.

Gigliola Zanzi, si dirige verso l'uscita con passo deciso, seguita dai suoi colleghi.

Una volta fuori, il freddo pungente dell'inverno le avvolge il viso mentre si avvicina a una Jeep nera parcheggiata vicino al marciapiede.

Il suo collaboratore, Leonardo Di Sciascia, è già al volante, pronto a mettersi in movimento. Gigliola apre la portiera con gesto rapido e si accomoda sul sedile del passeggero anteriore.

La Jeep parte, dirigendosi verso le Grotte di Toirano.

All'interno dell'auto, Gigliola, elabora mentalmente le prime mosse da compiere in questa nuova e inquietante indagine.

La strada si snoda davanti a loro, e il silenzio gravido di tensione all'interno dell'auto è rotto solo dal fruscio del vento contro i finestrini chiusi.

Mentre la Jeep procede silenziosamente attraverso l'Aurelia, la Zanzi, con la sua voce decisa e autorevole, solleva il cellulare dalla consolle dell'auto e compone il numero della centrale e attende che qualcuno risponda alla sua chiamata.

"Centrale, sono Zanzi. Avete notizie su persone scomparse nelle ultime giornate?"

La risposta della centrale arriva in modo preciso e rapido, la voce chiara attraverso l'altoparlante dell'auto, "Vice Questore Zanzi, abbiamo una denuncia di scomparsa di un certo Giuseppe Pertignetti.

La segnalazione è stata inoltrata da sua moglie durante la notte di Capodanno alle 00:08 presso il ristorante Pesci Vivi di Albenga."

La Jeep continua il suo cammino.

Il Vice Questore Zanzi, conscia dell'importanza dei dettagli per identificare la vittima, si rivolge di nuovo alla centrale con voce ferma: "Centrale, inviate immediatamente sul mio cellulare una foto di Giuseppe Pertignetti e tutte le informazioni fornite dalla moglie.

Voglio sapere come era vestito, il colore degli occhi, e se aveva un cellulare. Dobbiamo essere certi al cento per cento che la persona ritrovata corrisponda al signor Pertignetti."

La risposta della centrale non si fa attendere, e poco dopo, sullo schermo del cellulare della Zanzi appaiono la foto di Giuseppe Pertignetti e i dettagli forniti dalla moglie.

La luce bluastra dello schermo accentua l'attenzione della Zanzi mentre esamina attentamente ogni dettaglio, cercando conferme che possano chiarire il mistero della scomparsa di Giuseppe Pertignetti.

Gigliola, insieme al collega, giunge alle Grotte di Toirano.

L'ambulanza della Croce Bianca è già presente sul luogo.

Il Direttore delle Grotte, un uomo con l'aria preoccupata, si avvicina per accoglierli.

Direttore: (con serietà) "Vice Questore Zanzi, benvenuti. Siamo sconvolti per quanto accaduto."

Zanzi: (seria) "Grazie, Direttore. Ci servirà la vostra piena collaborazione per risolvere questa situazione. Dove possiamo trovare l'addetto Angelo Drone?"

Direttore: (indicando verso l'interno) "L'addetto Drone è laggiù, vicino all'ingresso delle Grotte

Ha fatto la scoperta questa mattina durante la sua ispezione di routine alle ore 07.12"

Il gruppo si dirige verso l'uscita delle Grotte, dove Angelo Drone, un uomo di mezza età con l'aria preoccupata, li attende.

Angelo Drone: (agitato) "Vice Questore Zanzi, ho trovato il corpo alla fine del tunnel, all'uscita dopo le sbarre di protezione. È terribile."

Commissario Zanzi: (con fermezza) "Grazie, Drone. Ci serviranno tutti i dettagli possibili. Dove si trova attualmente il corpo?"

Angelo Drone: (puntando nella direzione) "Lì"

La Zanzi si avvicina al cadavere con passo deciso, determinata a raccogliere ogni dettaglio della scena del crimine. Il corpo giace immobile alla fine del tunnel, sotto la debole luce delle grotte. La Zanzi, con la torcia del cellulare, illumina con attenzione il viso dell'uomo.

Il corpo di Giuseppe Pertignetti giace supino, gli occhi fissi nel vuoto, il volto contratto dalla morte. La Zanzi osserva attentamente il collo, dove vi è un segno ben visibile un linea perfetta tutta attorno al collo. La pelle intorno alla linea è pallida.

Zanzi: (mormorando a sé stessa).... Un segno così pulito... sembra fatto o da un filo d'acciaio o da un filo di nylon da pesca.

La scena è silenziosa, interrotta solo dal lontano gocciolio dell'acqua e dal respiro pesante degli investigatori.

La Zanzi prende nota di ogni dettaglio, scrutando attentamente il collo per cercare indizi o segni distintivi.

Zanzi: (rivolgendosi agli altri investigatori che erano giunti sul luogo) "Dobbiamo aspettare il medico legale per una valutazione più approfondita. Ma questo segno al collo potrebbe essere la causa della morte"

La Zanzi si allontana dal corpo, lasciando che gli specialisti facciano il loro lavoro, aspettando il medico legale

Il silenzio delle Grotte di Toirano è rotto solo dallo scricchiolio di scarpe che risuonano nei corridoi bui.

Il medico legale, Elisa Scoppelli, fa il suo ingresso con un'aria di professionalità, indossando un camice bianco immacolato e guanti in lattice. Il suo sguardo esperto ispeziona attentamente la scena, preparata per affrontare il macabro compito di indagare sulla morte di Giuseppe Pertignetti.

Elisa Scoppelli: (osservando la scena) "Buongiorno, dov'è il corpo?"

La Zanzi conduce il medico legale al cadavere, illuminato dalla luce delle torce. Elisa Scoppelli si china con attenzione, esaminando il corpo senza esprimere alcuna emozione. Le sue mani esperte valutano lo stato del collo, la rigidità cadaverica e la temperatura corporea.

Elisa Scoppelli: (rivolgendosi alla Zanzi) "In attesa dell'autopsia posso solo ipotizzare che la morte è stata causata da soffocamento. Probabilmente è stato usato da un filo o qualcosa di simile."

Elisa Scoppelli prende nota di eventuali segni sul corpo e osserva attentamente la temperatura ambiente, che nella grotta, è differente da quella esterna.

Elisa Scoppelli: (valutando la rigidità) "Il rigor mortis sta diminuendo quindi potrebbe essersi verificato un po' di tempo fa."

Il medico legale continua la sua indagine, esaminando gli indizi che la scena del crimine offre prima di procedere con l'autopsia completa.

Elisa Scoppelli: (concludendo la prima visita) "Ho bisogno di portare il corpo in laboratorio per un esame più dettagliato. Sarà fondamentale effettuare l'autopsia per ottenere informazioni più precise sulla causa della morte e sull'ora approssimativa in cui è avvenuta."

La Zanzi annuisce ancora una volta, conscia che la risoluzione di questo enigma richiederà l'analisi scrupolosa e meticolosa del medico legale.

Il Procuratore della Repubblica, il Dott. Lorenzi, fa il suo ingresso nelle Grotte di Toirano, portando con sé un'aura di autorità.

Vestito con sobrietà, indossa un cappotto scuro che sottolinea la serietà del suo ruolo.

Il suo sguardo severo si posa sulla scena del crimine, mentre il medico legale, Elisa Scoppelli, lo accoglie e gli presenta brevemente la situazione.

Elisa Scoppelli: (con professionalità) "Dottor Lorenzi, questo è il corpo di Giuseppe Pertignetti.

Ho effettuato una prima valutazione, ma per ottenere informazioni più precise, è necessario eseguire l'autopsia."

Dott. Lorenzi: (osservando il cadavere) "Grazie, Dottoressa Scoppelli. Proceda con l'autopsia. Abbiamo bisogno di risposte chiare su questa morte."

Il medico legale inizia a preparare il corpo per il trasporto, mentre il Lorenzi consulta alcune carte con le informazioni preliminari sulla vicenda.

Mentre la Zanzi e il medico legale lavorano in sinergia, il P.R. mantiene un atteggiamento formale e riservato, pronto a prendere decisioni cruciali per l'indagine.

Dott. Lornzi : (rivolgendosi alla Zanzi) "Assicuratevi che il corpo venga trasportato all'obitorio di Albenga. Voglio che gli esami autoptici siano eseguiti quanto prima poi, mettetevi in contatto con il Pubblico Ministero Dott. Devino"

La Zanzi annuisce in segno di rispetto e prontezza nell'eseguire gli ordini del procuratore.

Mentre il corpo di Giuseppe Pertignetti viene preparato per il trasporto, la macchina della giustizia si mette in moto, determinata a far luce su un mistero che si nasconde nelle profondità delle Grotte di Toirano.

Il mistero della morte di Giuseppe Pertignetti si sposta ora dalle profondità delle grotte all'obitorio di Albenga, dove la ricerca della verità continuerà attraverso esami accurati e analisi forensi.

Prima di risalire in macchina il Commissario Zanzi:

(rivolgendosi a Elisa Scoppelli) "Dottoressa Scoppelli, avrò bisogno che mi fornisca tutte le informazioni possibili sull'ora della morte di Giuseppe Pertignetti. È fondamentale per la nostra indagine."

Elisa Scoppelli: (con serietà) "Commissario, cercherò di essere il più precisa possibile. In base alle prime osservazioni, stiamo parlando di un decesso avvenuto nelle ultime 24 - 36 ore. Per avere un'indicazione più accurata, dovrò procedere con l'autopsia e analizzare con attenzione le condizioni del corpo."

Commissario Zanzi: (con determinazione): "Ho bisogno di tempi precisi, Dottoressa. Ogni minuto conta in questa indagine. Mi assicuri di farmi sapere al più presto quando avrà informazioni sull'ora del decesso."

Elisa Scoppelli (annuendo): "Commissario, farò del mio meglio. La terrò costantemente aggiornata su ogni progresso. La procedura di autopsia richiederà tempo, ma le assicuro che sarò tempestiva nelle comunicazioni."

Commissario Zanzi: (ringraziando): "Grazie, Dottoressa Scoppelli. La sua collaborazione è fondamentale per portare chiarezza su questa situazione".

Commissario Zanzi, visibilmente preoccupata e determinata, si avvicina all'Ispettore Capo della Polizia Scientifica all'interno delle Grotte di Toirano.

La luce fioca delle lampade conferisce un'atmosfera tesa e misteriosa al luogo.

Zanzi: (rivolgendosi all'Ispettore Capo della Polizia Scientifica De Giovanni)

"Mi occorre ogni dettaglio, ogni minima informazione che possiate trovare. Voglio una relazione completa su tutto ciò che riguarda questo caso."

De Giovanni: (rispondendo con serietà) "Commissario, faremo il possibile. Analizzeremo ogni elemento e le forniremo una relazione dettagliata su tutto ciò che troveremo."

Commissario Zanzi: (con fermezza) "È fondamentale, capisce? Ogni dettaglio potrebbe essere cruciale per comprendere cosa sia successo a Giuseppe Pertignetti. La sua famiglia ha il diritto di conoscere la verità."

De Giovanni: (annuendo) "Capisco, Commissario. Ci impegneremo al massimo."

Commissario Zanzi: (con uno sguardo deciso) "Voglio essere informata tempestivamente. Mandate tutto direttamente a me, non lasciate nulla al caso."

Dopo questa breve ma intensa conversazione, la Zanzi, con passo deciso, si dirige verso l'uscita delle grotte, sale sulla macchina con Di Sciascia per dirigersi vero Albenga

In auto il Commissario Zanzi: (rivolgendosi a Leonardo Di Sciascia durante il tragitto) "Leo, sto cercando di capire come sia arrivato Giuseppe Pertignetti alle grotte. Vivo o morto? non riesco a capire il motivo dietro questa scelta."

Leonardo di Sciascia: (pensieroso) "È davvero strano, Commissario. Se era vivo, perché lasciare la cena al ristorante? E se era morto, perché optare proprio per le Grotte di Toirano? Potevano gettarlo in mare o nasconderlo altrove."

Commissario Zanzi: (annuendo) "Esattamente, Leo. È come se ci fosse un motivo specifico dietro questa scelta, ma al momento non riusciamo a vederlo chiaramente. Dobbiamo approfondire, capire cosa collega Giuseppe a quel luogo."

Leonardo Di Sciascia: (con determinazione) "Continueremo a indagare, Commissario. Troveremo le risposte che cerchiamo."

Commissario Zanzi: (guardando fuori dall'auto) "Lo spero, Leo. Questo caso si complica sempre di più, e dobbiamo essere pronti a scoprire la verità, per Giuseppe e per sua moglie Elisa."

Una volta arrivata in Commissariato

Zanzi: "Bene, ragazzi, dobbiamo muoverci con precisione. Mario, Anna, voglio che andiate al ristorante Pesci Vivi per raccogliere tutte le informazioni possibili.

Guardate la scena, parlate con i cuochi e camerieri, cercate tracce o indizi che possano darci una direzione."

Mario: "Capisco, Commissario. Faremo il possibile per ottenere tutte le informazioni necessarie."

Commissario Zanzi: "Marco, Leo, venite con me. Abbiamo il compito più delicato. Dobbiamo informare la moglie di Giuseppe Pertignetti, Elisa, della sua morte.

Preparatevi, potrebbe essere un momento difficile."

Marco: (serio) "Capo, siamo pronti. Faremo del nostro meglio per gestire la situazione con sensibilità."

Commissario Zanzi: "Bene. Partiamo subito. Ricordate, ogni dettaglio è importante. Incontriamoci qui dopo aver completato i nostri compiti. Andiamo al lavoro."

L'auto della polizia, guidata da Leo, attraversa il ponte Libero Emidio Viveri, il Ponte Rosso, sopra il fiume Centa, dirigendosi verso via Raffaello Sanzio, dove risiede Elisa Buttoni. Arrivati davanti alla casa, Marco preme il citofono e attende una risposta.

Citofono: (squilla)

Elisa: (dall'altoparlante) "Pronto?"

Marco: "Buongiorno, signora Buttoni. Siamo della Polizia di Albenga. Possiamo entrare per parlarle di una questione urgente?"

Elisa: (con voce preoccupata) "Sì, certo. Salite, per favore."

Il cancello si apre e la Zanzi, con i due agenti salgono le scale fino all'ingresso. Elisa li accoglie a mezza porta, con lo sguardo preoccupato.

Elisa: (guardando Marco e Leo) "Che cosa è successo? Avete notizie di Giuseppe?"

Marco: "Signora Buttoni, temo che ci siano delle cattive notizie. Possiamo entrare?"

Elisa annuisce e li fa accomodare nel soggiorno. L'atmosfera è tesa mentre i poliziotti si preparano a comunicare la dolorosa verità.

La Dott.ssa Zanzi, Marco e Leo entrano nel soggiorno di Elisa, dove è presente anche Miranda, la cognata di Elisa. L'atmosfera è carica di tensione mentre tutti si accomodano.

Dott.ssa Zanzi: (con tono serio) "Signora Buttoni, temo che ci sia stato un tragico sviluppo nella scomparsa di suo marito, Giuseppe Pertignetti. Le chiedo di essere forte mentre le spiego la situazione."

Elisa: (con voce tremante) "Che cosa è successo? Dove è Giuseppe'"

Dott.ssa Zanzi: (prende una breve pausa) "Il corpo senza vita di suo marito è stato trovato questa mattina nelle Grotte di Toirano. Ci sono circostanze particolari che stiamo indagando."

Elisa: (sbigottita) "Grotte di Toirano? Ma che cosa ci faceva lì? Cosa è successo?"

Dott.ssa Zanzi: "Stiamo cercando di capire tutti i dettagli. Al momento, abbiamo aperto un'indagine sulla sua morte."

Elisa: (sgomenta) "Morto? Non può essere vero..."

Miranda: (stringendo la mano di Elisa) "Elisa, dobbiamo affrontare questa situazione insieme. Forse ci sono spiegazioni che non conosciamo."

Dott.ssa Zanzi: "Stiamo lavorando per risolvere questo caso nel modo più trasparente possibile. Ci servirebbe la sua collaborazione per fornirci quante più informazioni possibili su suo marito e sugli eventi recenti."

Elisa: (in lacrime) "Sì, certo. Farò tutto il possibile per capire cosa sia successo a Giuseppe."

Dott.ssa Zanzi: "Signora Buttoni, comprendiamo che questo sia un momento difficile. Potrebbe dirci quando l'ha visto per l'ultima volta?"

Elisa: "L'ho visto la sera del 31 dicembre, al ristorante Pesci Vivi.

Abbiamo cenato insieme per festeggiare il Capodanno."

Dott.ssa Zanzi: "E durante la cena, ha notato comportamenti insoliti da parte di suo marito? Forse avevano discusso o litigato?"

Elisa: "No, niente di tutto ciò. Eravamo lì per cercare di dimenticare i nostri problemi, non per litigare. Giuseppe sembrava preoccupato, ma nulla di più."

Dott.ssa Zanzi: "Capisco. Lei e suo marito avevate problemi sentimentali o economici che potrebbero essere collegati a questa situazione?"

Elisa: (con tristezza) "Sì, avevamo difficoltà economiche a causa della perdita del lavoro di Giuseppe. Ma quanto a problemi sentimentali, stavamo cercando di superare le difficoltà insieme."

Marco: "Signora Buttoni, mi scusi se le chiedo, ma c'era qualche motivo specifico per cui suo marito potrebbe essere andato alle Grotte di Toirano? Un legame particolare o un motivo che conosceva solo lui?"

Elisa: (confusa) "No, nessun motivo. Non c'è nessun legame particolare tra Giuseppe e le Grotte di Toirano. Non riesco a capire perché é andato lì.

Non capisco come sia potuto accadere tutto questo... Giuseppe non avrebbe mai scelto un posto come le Grotte di Toirano."

Miranda: (aggiungendo) "Forse c'è stato un malinteso o un'informazione errata. Non riesco a immaginare quale motivo avrebbe potuto spingerlo in un posto del genere."

Marco: "Signora Buttoni, ci scusiamo ancora per l'incomodo, ma dobbiamo fare tutte le domande necessarie. Conosceva personalmente qualcuno dei dipendenti o degli abitanti della zona limitrofa al ristorante Pesci Vivi?"

Elisa: (pensierosa) "Beh, certo. Conosco il proprietario, Alessandro Giovinetti. È lui che ci ha accolto quando siamo andati al ristorante. Conosco lo chef Claudio Improta, da molti anni, prima lavorava con mio marito e poi i suoi successi. Quanto agli altri dipendenti, li conosco quasi tutti, tranne i nuovi assunti. Non abbiamo mai avuto problemi con nessuno là."

Miranda: (aggiungendo) "E per quanto riguarda gli abitanti della zona? C'era qualcuno con cui Giuseppe avesse un rapporto particolare?"

Elisa: (pensando) "Non che io sappia."

Zanzi: "Signora Buttoni, vorremmo capire quanti erano a conoscenza del vostro piano di passare l'ultimo dell'anno al ristorante Pesci Vivi. Quante persone erano informate di questa vostra decisione?"

Elisa: (riflettendo) "Principalmente i nostri familiari stretti e alcuni amici molto vicini. In totale, direi che una quindicina di persone era a conoscenza del nostro programma per la serata."

Zanzi: (prendendo appunti) "Capisco. Qualcuno di loro ha espresso preoccupazioni o disaccordo riguardo alla vostra scelta?"

Elisa: "No, assolutamente no. Erano tutti contenti per noi e ci auguravano una serata speciale. Nessuno aveva motivo di opporsi al nostro piano."

Miranda con la testa fa un gesto d'assenso.

Zanzi: "Grazie per la sua franchezza. Potrebbe dirci chi erano queste persone? Potrebbero fornirci ulteriori dettagli?"

Elisa: (elencando) "Certo, oltre a mia cognata Miranda, c'erano mio fratello Paolo e sua moglie Anna, suo cugino Alfredo e alcuni amici stretti: Carla, Luca, e Roberto con la sua compagna Marta. Erano tutti a conoscenza dei nostri programmi"

Zanzi: "Signora Buttoni, comprendiamo che questo momento sia estremamente difficile per lei.

Appena sarà possibile, dovrà effettuare il riconoscimento formale del corpo presso l'obitorio di medicina legale di Albenga.

Saremo a sua disposizione per accompagnarla e fornirle tutto il supporto di cui potrebbe aver bisogno.

Se dovessero venirle in mente dei dettagli o informazioni non esiti ad informarci. Grazie per la sua collaborazione ed accetti le nostre più sentite condoglianze."

La Zanzi, Marco e Leo si dirigono verso l'uscita dell'abitazione.

Zanzi, mentre sta per entrare in auto, riceve una telefonata da Anna. Con un tocco sullo schermo del cellulare, risponde alla chiamata.

Anna: "Commissario, c'è qualcosa che dovrebbe vedere al Pesci Vivi."

Zanzi, con un misto di curiosità e urgenza, annuisce e risponde: "Veniamo immediatamente al ristorante"

Dopo aver chiuso la chiamata, Zanzi si affretta ad entrare in auto, mentre la mente si riempie di domande e incertezze riguardo a quello che potrebbe aspettarla al ristorante.

Zanzi, seduta sul sedile posteriore dell'auto guidata da Leo, osserva attentamente il paesaggio che scorre fuori dal finestrino mentre si dirigono verso il Pesci Vivi. Chiede a Leo di rallentare il passo, desiderosa di scrutare attentamente l'ambiente circostante per individuare eventuali dettagli interessanti.

Zanzi: "Leo, rallenta un attimo, per favore. Vorrei dare un'occhiata più approfondita alla zona. Potrebbe esserci qualcosa che ci sfugge."

Leo risponde con un cenno di assenso, riducendo la velocità dell'auto. La strada si svela davanti a loro, e Zanzi si concentra, sperando di cogliere qualche indizio o elemento che possa fornire ulteriori informazioni sulla scomparsa di Giuseppe Pertignetti.

Zanzi, scrutando attentamente la zona circostante ai Pesci Vivi, nota la presenza di un residence, una discoteca un camping chiuso ed un altro ristorante. Decide di comunicare a Marco che è necessario effettuare un sopralluogo in tutti questi locali per raccogliere informazioni utili sulla notte di Capodanno. La sua mente investigativa è già proiettata verso la ricerca di testimoni e dettagli che potrebbero gettare luce sulla scomparsa di Giuseppe Pertignetti.

Zanzi: "Marco, voglio che tu faccia un sopralluogo in tutti questi locali. Chiedi se hanno lavorato la notte di Capodanno e se qualcuno ha notato qualcosa di insolito. Ogni informazione potrebbe essere cruciale."

Marco annuisce con serietà, pronto ad adempiere al compito affidatogli. La missione di indagare su più fronti per ottenere un quadro completo dell'area è ora lanciata, mentre l'auto continua la sua strada verso il Pesci Vivi.

La dottoressa Zanzi, giunta al ristorante Pesci Vivi, si avvicina al proprietario, Alessandro Giovinetti, ringraziandolo per la sua disponibilità.

Zanzi: "Signor Giovinetti, vorrei ringraziarla per la sua collaborazione in questa delicata situazione. Abbiamo bisogno di raccogliere dichiarazioni da parte di tutti coloro che erano presenti durante la serata di Capodanno."

Alessandro: "Commissario, siamo qui per collaborare in ogni modo possibile. Farò in modo che tutti siano disponibili per fornire le loro testimonianze."

Zanzi: "Perfetto. Convochi il suo personale e chiunque fosse presente quella notte. Vorremmo sentire le loro versioni degli eventi. Sarà importante per la nostra indagine.

Alessandro annuisce, assicurando alla Zanzi che farà il necessario per organizzare le testimonianze.

Alessandro: "Farò in modo che tutti siano pronti per essere sentiti in Commissariato. Se serve qualcos'altro, sono qui"

Zanzi ringrazia nuovamente e si allontana, preparandosi a organizzare le audizioni in modo che ogni dettaglio della scomparsa di Giuseppe Pertignetti.

Zanzi, dopo aver ringraziato il proprietario del ristorante Pesci

Vivi per la collaborazione, prosegue con una richiesta più specifica.

Zanzi: "Signor Giovinetti, apprezziamo la sua disponibilità. Vorrei chiederle, se possibile, di fornirci una lista dei clienti presenti la notte di Capodanno. Avere un elenco potrebbe esserci di grande aiuto per ricostruire gli eventi."

Alessandro: "Capisco, Commissario. Farò del mio meglio per fornirle un elenco senza violare la privacy dei nostri clienti. Posso assicurarle che tutti i dati personali saranno trattati con la massima riservatezza."

Zanzi: "Grazie, signor Giovinetti. Questo ci aiuterà a fare luce su quanto accaduto quella notte. Sarà di grande aiuto per la nostra indagine."

Alessandro annuisce, confermando la sua collaborazione, e si impegna a preparare l'elenco dei clienti. La Zanzi, soddisfatta della risposta, prosegue con i preparativi per ulteriori passi investigativi

Anna presente con Mario per eseguire i rilievi, si avvicina alla Zanzi e le fornisce una rilevante informazione.

Anna: "Commissario, credo sia importante dare un'occhiata al magazzino. C'è una cella frigorifera e un'area utilizzata per lavare carne e pesce, è come una specie di mattatoio."

Zanzi: (interessata) "Grazie, Anna. Potrebbe essere un luogo significativo per la nostra indagine. Possiamo dare un'occhiata più approfondita?"

Anna: "Certamente, Commissario. Sarebbe meglio farlo prima che il locale sia aperto al pubblico."

La Zanzi e Anna si dirigono verso il magazzino, pronte a esaminare attentamente quegli spazi alla ricerca di eventuali elementi che possano essere rilevanti per comprendere la scomparsa di Giuseppe Pertignetti.

La Zanzi, dopo aver ricevuto l'informazione cruciale da Anna sul magazzino, si rende conto dell'importanza di approfondire ulteriormente la situazione. Rivolgendosi a Mario, Marco e Leo, i suoi collaboratori, prende una decisione.

Zanzi: "Mario, dobbiamo fare un passo avanti in questa indagine. Chiama la Polizia Scientifica per eseguire rilievi accurati nel magazzino del ristorante. Nel frattempo, informate il questore della situazione e chiedete un sequestro cautelativo per il Pesci Vivi. Dobbiamo assicurarci che nessuna prova venga manomessa.

Mario annuisce.

La Zanzi si avvicina al proprietario del Pesci Vivi con un tono serio e risoluto, comunicandogli una decisione fondamentale per lo svolgimento delle indagini.

Zanzi: "Mi dispiace per l'inconveniente, ma dobbiamo prendere delle misure necessarie. Il suo ristorante dovrà rimanere chiuso per i prossimi giorni. Stiamo aspettando l'arrivo della Polizia Scientifica per eseguire rilievi dettagliati, e vogliamo garantire che tutto sia conservato nella sua condizione attuale per non compromettere le indagini."

Il proprietario, pur comprendendo la gravità della situazione, mostra un certo disappunto per la chiusura temporanea del locale.

Proprietario: "Capisco, Commissario, ma è la stagione delle feste, e abbiamo molte prenotazioni..."

Zanzi: "Comprendo la sua situazione, ma in questo momento dobbiamo concentrarci sulla risoluzione di un caso molto delicato. Siamo grati per la sua collaborazione."

Il proprietario annuisce, rendendosi conto che la cooperazione con le autorità è cruciale per far luce sulla vicenda. La Zanzi si allontana per coordinare ulteriormente le attività investigative

Di seguto si raduna i suoi collaboratori e comunica loro le prossime mosse nell'ambito delle indagini.

Zanzi: "Mario, Marco, Anna, Leo, vi ringrazio per la vostra collaborazione. Al momento, io e Leo torneremo in

Commissariato per coordinare ulteriormente le attività. Gli altri rimarranno qui in attesa dell'arrivo della Polizia Scientifica."

I collaboratori annuiscono, pronti a svolgere i compiti assegnati.

Zanzi: "Fate in modo che tutto sia sotto controllo. Se avete bisogno di qualcosa, chiamatemi subito. Dobbiamo fare in modo che ogni dettaglio venga esaminato attentamente."

Il gruppo si divide, con la Zanzi e Leo che si dirigono verso l'auto per fare ritorno al Commissariato, mentre gli altri restano sul luogo dell'indagine, pronti ad accogliere la squadra scientifica.

La Zanzi, durante il breve percorso verso l'auto, si ferma a osservare la bellezza del paesaggio circostante. La spiaggia, il mare calmo e l'Isola Gallinara formano uno scenario incantevole.

Leo che è nato ad Alassio dice alla Dottoressa, deve sapere che :
"L'Isola Gallinara si trova a circa un chilometro al largo ed è sotto il comune di Albenga, ma i cittadini di Alassio dicono per invidia:

"a ìsu"a d'Arbénga è a noscia "

("l'isola di Albenga è nostra")

L'isola Gallinara e contornata da acque che offrono agli amanti dello snorkeling e delle immersioni subacquee, un ambiente marino interessante e ricco di vita.
Quest'isola contribuisce ad aumentare la bellezza della costa ligure.

Zanzi Guarda, Leo, lo ringrazia per le informazioni e dice:
"La posizione di questo ristorante e dell'altro è davvero meravigliosa. C'è un senso di pace e serenità qui, ma al tempo stesso, oggi, è anche il luogo di un mistero che dobbiamo risolvere."

Leo annuisce, con lo sguardo fisso sull'orizzonte.

Leo: "È strano come luoghi così belli possano diventare il centro di eventi così tragici. Speriamo di fare luce su tutto questo al più presto."

Zanzi: "Esatto, Leo. Dobbiamo scoprire cosa è successo e perché. Andiamo, dobbiamo tornare in Commissariato e coordinare gli sforzi investigativi."

La Zanzi si avvia verso l'auto con Leo al suo fianco, lasciando dietro di sé la tranquilla bellezza della costa, ora oscurata dall'ombra del mistero che avvolge il ristorante Pesci Vivi.
La Zanzi, mentre si siede in auto con Leo, guarda l'orologio e prende una decisione.

Zanzi: "Leo, visto l'orario, fermiamoci in un bar per mangiare qualcosa. Abbiamo bisogno di energia per affrontare l'indagine e dobbiamo fare il punto della situazione."
Leo annuisce e avvia l'auto, dirigendosi verso un bar nelle vicinanze. Entrano nel locale e scelgono un tavolo.
Zanzi: "Prendiamo qualcosa di veloce, così possiamo tornare in Commissariato senza perdere troppo tempo."
Mentre si gustano il pranzo leggero, a base di verdure, di stagione, la Zanzi, desiderosa di instaurare un rapporto più informale con Leo, gli chiede in tono amichevole come ha passato il Capodanno.
Zanzi: "Allora, Leo, come hai passato il Capodanno? Hai fatto qualcosa di particolare?"
Leo sorride, apprezzando la distensione del momento. Leo: "Onestamente, Commissario, ho trascorso una serata tranquilla con la famiglia. Niente di troppo eccitante, ma è sempre bello passare del tempo con le persone care.
E lei?" Zanzi: "Anch'io ho fatto una cosa tranquilla. Una cena leggera e poi mi sono coricata, un poco assonnata."
Leo: "Commissario, capisco. Le feste possono essere impegnative, soprattutto se si decide di concedersi qualche bicchiere in più."

Zanzi: "Esatto, Leo. Non sono proprio fatta per l'alcol. Preferisco mantenere la mente lucida."

L'ufficio del Commissario situato al secondo piano del Commissariato è spazioso e ben illuminato.

Le pareti sono dipinte con un colore grigio chiaro, decorate da fotografie e tra queste spicca la foto del Presidente della Repubblica.

La scrivania della Commissario Gigliola Zanzi è posizionata in modo prominente, al centro della stanza, evidenziata dall'illuminazione proveniente da una finestra laterale.

La scrivania è di legno scuro, ordinata e pulita, con una serie di documenti organizzati in modo meticoloso. Un computer posizionato in maniera strategica in modo da non infastidire, accanto una lampada da scrivania e alcuni oggetti personali che riflettono la professionalità della donna.

Le altre quattro scrivanie, destinate a Leo, Anna, Mario e Marco, sono disposte intorno all'ufficio, ciascuna con un computer, telefono e documenti correlati al loro lavoro investigativo.

Vi sono inoltre le sedie per i componenti della squadra e le pareti sono rivestite da scaffali contenenti manuali, documenti e dossier relativi ai casi in corso.

Nella stanza gli investigatori che si muovono con determinazione tra le scrivanie, scambiandosi informazioni e aggiornamenti.

L'ufficio riflette l'efficienza e la professionalità del team investigativo.

La Zanzi, è sola con Leo in ufficio. La sua scrivania è coperta da documenti, appunti e mappe che testimoniano l'intenso lavoro investigativo in corso sente improvvisamente squillare il telefono. Con un'espressione seria, si avvicina alla scrivania e solleva la cornetta. Dall'altro capo della linea, la voce autorevole del Questore Dott. Terelli si fa sentire, chiedendo dettagli sull'avanzamento delle indagini e sull'eventuale rilascio di dichiarazioni alla stampa.

Mantenendo la compostezza e la professionalità, risponde con franchezza. Ammette che al momento ci sono solo degli indizi, ma riconosce la loro irrilevanza fino all'esito dell'autopsia.

La situazione delicata del caso si riflette nei toni misurati della Zanzi, che comprende l'importanza di fornire informazioni accurate e circostanziate.

Leo, accanto a lei, ascolta attentamente.
La telefonata si conclude, la Zanzi e Leo capiscono che questa telefonata è come un richiamo alla responsabilità, sottolineando quanto sia cruciale ogni passo intrapreso nell'indagine.
Il Vice Commissario Zanzi chiama il medico legale, Dott.ssa Elisa Scoppelli, per chiederle se è possibile portare la moglie di Giuseppe per il riconoscimento del corpo prima dell'autopsia.

Il medico legale, rispondendo alla chiamata della Zanzi, esprime la sua comprensione della situazione e conferma che, per rispetto e sensibilità nei confronti della famiglia, la moglie potrà procedere con il riconoscimento del corpo prima dell'autopsia.

Alle 17.25, Anna, Mario e Marco rientrano dal ristorante, fornendo alla Zanzi e a Leo l'informazione che al massimo dopodomani avranno a disposizione i risultati dell'indagine condotta dalla Polizia Scientifica.

La Zanzi ascolta attentamente, pronta ad analizzare ogni dettaglio per avanzare nelle indagini sulla misteriosa scomparsa di Giuseppe Pertignetti.

Alle 19:00, esausta, decide di tornare a casa.

Prima, però, si concede una pausa per mangiare qualcosa nel Centro Storico, ricaricando le energie per affrontare le sfide investigative che l'attendono nella risoluzione del caso. Si ferma in un vecchio ristorante albenganese a gustare la famosa farinata.

La farinata è tipica della cucina ligure. Un piatto povero che ha origini molto antiche. E' fatta con farina di ceci, acqua, olio d'oliva e sale. Apparentemente una ricetta semplice, ma che richiede impegno perché la farina di ceci deve essere reidrata per molto tempo, ogni cuoco ha la sua ricetta. Poi viene cotta in una teglia di ferro o di rame che ha un'altezza massima di 2 centimetri. Il tempo di cottura varia a seconda del forno. La farinata può essere consumata tale e quale o con l'aggiunta di salsiccia. E' comunque d'obbligo una spolverata di pepe nero.

E mentre assapora i sapori locali, la sua mente è ancora concentrata sulla complessa indagine che sta affrontando.

Mentre rientra a casa guara la vecchia Albenga con i suoi edifici dai mattoni antichi e i dettagli architettonici che raccontano storie di tempi passati.
Cammina attraverso le vie e i caratteristici "caruggi"
Il termine "caruggio" è un termine del dialetto genovese e indica strade o viuzze, che spesso si sviluppano in maniera intricata all'interno del centro storico della città. Alcuni di essi possono essere così angusti da permettere a malapena il passaggio di una persona alla volta. Le strade la accolgono con il loro fascino antico, illuminato da lampade che proiettano un'atmosfera soffusa.

Il rumore dei passi risuona tra le mura di pietra, mentre la luce fioca delle lanterne crea giochi d'ombra e luce lungo il percorso.

Albenga, con la sua storia impressa nei vicoli e nelle piazze, diventa uno sfondo suggestivo per la mente della Zanzi, ancora intrappolata tra interrogativi e indagini.

Il freddo della notte si fa sentire, ma l'atmosfera avvolgente del centro storico offre una sensazione di intimità e riflessione mentre la Zanzi prosegue il suo cammino verso casa.

Rientrata a casa, mentre cerca di distogliere la mente guardando la televisione, l'ironia del destino sembra giocare un ruolo intrigante nella serata perché si ritrova davanti a una serie televisiva che ha come protagonista il Vice Questore Lolita Lobosco.

La casualità di incrociare una trama investigativa proprio quando la sua mente è immersa in un caso complicato aggiunge un tocco di mistero e connessione alla sua realtà.

Alla fine della puntata, mentre il Vice Questore Zanzi, guarda fuori dalla finestra, un pensiero le attraversa la mente ed ammette fra sé:

" E sì! ....queste storie non succedono solo nei film."

Stanca si corica nel letto.

GIORNO 03/01/2024

La mattina del 3 gennaio, Gigliola inizia la giornata con una routine apparentemente normale. Nel suo rituale mattutino, fa un doccia che le darà l'energia necessaria, gusta una tazza di caffè fumante, accompagnata da un frutto fresco, una fetta biscottata con burro e miele e uno yogurt, creando un momento di tranquillità prima di affrontare le sfide della giornata.

Nel mentre, il contesto mediatico di Albenga risuona nella sua casa. Le notizie trasmesse dagli annunciatori riportano le ultime novità sulla misteriosa morte di Giuseppe Pertignetti.

Ascolta mentre i giornalisti tessono mille congetture e ipotesi e un giornalista di cronaca, riflettendo sul mistero della situazione, pone la domanda cruciale:

"perché il corpo è stato trovato alle Grotte di Toirano, a una distanza di 11 km dal luogo in cui Giuseppe Pertignetti è stato visto per l'ultima volta?"

Questo interrogativo, riecheggia anche nei pensieri della Zanzi e di Leo, è alla base della complessità all'indagine.

La distanza tra l'ultimo avvistamento e il luogo del ritrovamento solleva una serie di interrogativi che contribuiscono a mantenere alto il livello di suspense e a intensificare l'interesse e la speculazione sia nella stampa che nell'indagine stessa.

Camminando verso il Commissariato, si addentra in un'analisi profonda della situazione, colmando la sua mente di interrogativi ancora senza risposta.

Luogo del Ritrovamento:
- Perché il corpo è stato trovato alle Grotte di Toirano, a 11 km da Albenga?

Stato del Corpo:
- Quando è arrivato a Toirano, Giuseppe era ancora vivo o già morto?

Conoscenza dell'Assassino:
- Chi ha commesso l'omicidio conosceva la vittima o è stato un delitto casuale?

Possibilità di Serial Killer:
- Potrebbe essere opera di un serial killer, considerando il luogo isolato del ritrovamento?

Movente:
- Qual è il movente dell'omicidio? ○ Quali potrebbero essere le ragioni dietro questo crimine?

Coinvolgimento di Terze Persone:
- Alcune persone nelle vicinanze potrebbero essere coinvolte o aver visto qualcosa?
- Qualcuno potrebbe aver visto Giuseppe durante il tragitto da Albenga a Toirano? Rumori o Suoni Sospetti:
- Ci sono stati rumori o suoni sospetti che potrebbero aver attirato l'attenzione di qualcuno?

Possibilità di Premeditazione:
- L'omicidio è stato premeditato o è avvenuto in modo spontaneo?

Motivazioni per la Scelta del Luogo:
- Perché Toirano? C'è un motivo specifico per la scelta di questo luogo?

Attività dell'Ultima Notte:
- Cosa faceva Giuseppe nell'ultima notte? 。
- C'erano particolari eventi o incontri significativi?

Rivelazioni dell'Autopsia:
- Quali informazioni potrebbero emergere dall'autopsia per comprendere meglio la dinamica della morte?

Queste domande illustrano il processo di riflessione e indagine della Zanzi, mostrando la complessità dell'omicidio e l'approccio ponderato della protagonista nell'affrontare il caso.

Giunta in Commissariato, riunisce la squadra e condivide le sue deduzioni e domande.

La stanza del Commissariato era pervasa da un silenzio teso quando il Commissario Zanzi prese la parola.

Con occhi scrutatori, espose le sue deduzioni

"Abbiamo un caso complesso tra le mani, ragazzi," annunciò la Zanzi con voce decisa.

"Ci sono diverse domande senza risposta, e dobbiamo affrontarle una per una.

" La squadra ascoltava attentamente, pronta a contribuire e a sottolineare eventuali dettagli rilevanti.

"Innanzitutto, il luogo del ritrovamento. Perché Toirano? Ci sono motivi specifici dietro questa scelta apparentemente casuale?" chiese, incrociando le braccia. Anna sollevò una mano.

"Potrebbe essere collegato a qualche attività che Giuseppe aveva in mente o a qualcuno che conosceva laggiù?"

La Zanzi annuì. "È possibile. Ora, dobbiamo capire se Giuseppe era già morto quando è arrivato a Toirano o se è stato ucciso sul posto.

Mario, hai qualche dato dalla scena del crimine che possa indirizzarci?"

Mario consultò il suo taccuino. "Per ora, nulla che suggerisca la dinamica dell'omicidio. Dobbiamo aspettare i risultati della scientifica, comunque se posso azzardare una risposta, non vi erano segni di colluttazione, quindi è da presumere che non è stato ucciso nella grotta"

La discussione proseguì, toccando temi come il movente, la possibilità di un assassino seriale e l'indagine sulla vita di Giuseppe nelle ultime ore.

La Zanzi concluse, "Dobbiamo essere meticolosi. C'è qualcosa che ci sfugge? Qualcuno ha notato qualcosa di insolito nelle testimonianze o nei rilievi della scientifica?"

La squadra si consultò, contribuendo con nuove idee e punti da esplorare.

La Vice Questore Zanzi, dopo aver esposto le sue deduzioni e discusso con la squadra, comunica che è ora di occuparsi del riconoscimento del corpo insieme alla moglie del defunto.

Prima di separarsi, assegna a ciascun membro della squadra un compito specifico, invitandoli ad approfondire e sviluppare ulteriormente le loro indagini su diversi fronti. La divisione dei compiti è volta a esplorare ogni possibile angolo della vicenda e raccogliere informazioni cruciali per risolvere il caso.

Mario: Approfondire la vita di Giuseppe Pertignetti, cercare informazioni sul suo passato, contatti e relazioni personali. Indagare su eventuali controversie o legami che potrebbero aver contribuito alla sua scomparsa.

Anna: Investigare sul ristorante Pesci Vivi, esaminare la gestione, i dipendenti e i clienti abituali. Raccogliere testimonianze e informazioni sulle attività della serata di Capodanno per individuare eventuali dettagli cruciali.

Marco: Esplorare il legame tra Giuseppe Pertignetti e le Grotte di Toirano. Indagare su eventuali connessioni o motivi che potrebbero aver portato il suo corpo in quel luogo specifico. Verificare la presenza di telecamere di sicurezza nella zona.

Leo: Analizzare i movimenti di Giuseppe Pertignetti nella notte di Capodanno, comprendendo le sue azioni prima di scomparire. Verificare contatti telefonici, transazioni finanziarie e registrazioni di sorveglianza nelle vicinanze del ristorante e della sua abitazione.

La Zanzi, desiderosa di supportare la vedova attraverso uno dei momenti più difficili della sua vita, chiama Elisa Pertignetti con voce calma e compassionevole. "Signora Pertignetti, sono il Commissario Zanzi. Vorrei accompagnarla per il riconoscimento formale di suo marito. Posso passare a prendervi tra 30 minuti?"

Elisa con voce tremula risponde "Si"

Le due donne entrano nell'obitorio, l' ambiente freddo e asettico, illuminato da luci fluorescenti che accentuano l'atmosfera clinica della sala. Le pareti bianche e i pavimenti in piastrelle creano un ambiente sterile. L'aria e cosparsa dell'odore penetrante di disinfettante, tipico degli ambienti ospedalieri.

Il tavolo autoptico al centro della sala è una superficie piatta e dura in acciaio, adatta al lavoro del medico legale. È dotato di un sistema di drenaggio per raccogliere i liquidi durante le procedure

Sulle pareti, scaffali contengono strumenti chirurgici, flaconi e attrezzature utilizzate per le procedure mediche. Il corpo di Giuseppe Pertignetti giace coperto da un lenzuolo bianco, posato sul tavolo in attesa dell'esame.

La Dott.ssa Elisa Scoppelli, con il suo camice bianco e gli strumenti medici a portata di mano, si trova lì ad attendere, pronta a guidare le due donne attraverso un momento difficile.

L'odore di disinfettante permea l'aria, contribuendo a creare un'atmosfera clinica e solenne. La Zanzi e Elisa Buttoni, seppur con emozioni differenti, sono chiamate a confrontarsi con la crudele realtà della perdita e dell'indagine in corso. Il momento del riconoscimento è un istante carico di emozioni contrastanti.

Elisa Buttoni, accompagnata dalla Zanzi e dalla Dott.ssa Elisa

Scoppelli, si avvicina al tavolo autoptico. Il lenzuolo bianco copre il corpo di Giuseppe Pertignetti, e l'ansia nel cuore di Elisa cresce man mano che si avvicina.

La Dott.ssa Elisa Scoppelli con gesti misurati e rispettosi scopre il volto di Giuseppe Pertignetti.

Un senso di tensione si fa sentire nell'aria mentre Elisa Buttoni fissa l'uomo che è stato suo marito per tanti anni. I lineamenti del volto di Giuseppe sembrano immobili nella quiete della morte. La luce fredda dell'obitorio evidenzia ogni dettaglio, dai lineamenti del viso ai capelli ormai immobili.

Elisa Buttoni tiene il respiro, cercando di contenere l'emozione che cresce dentro di lei. La Dott.ssa Scoppelli osserva con rispetto e attenzione, consapevole della delicatezza del momento.

Poi, con voce calma, rivolgendosi a Elisa Buttoni, chiede: "Signora Buttoni, riesce a riconoscere suo marito?"

Un silenzio palpabile avvolge la sala, mentre Elisa lotta con la realtà di ciò che ha di fronte. I suoi occhi si riempiono di lacrime mentre cerca di pronunciare qualche parola. "Sì... è lui," riesce finalmente a dire, con voce tremante.

Ma appena le parole lasciano le sue labbra, un'ondata di dolore e sgomento la colpisce. Le gambe cedono sotto il peso emotivo, e la Dott.ssa Scoppelli, pronta a intervenire, fa in tempo a sorreggerla prima che la moglie di Giuseppe collassi. Viene accompagnata a sedersi.

Il mancamento è una risposta fisica al dolore e alla disperazione che la situazione ha suscitato. Il pianto soffocato e il senso di perdita si fanno strada in quel momento toccante.

La sala autoptica, testimone silenzioso di storie umane e tragedie, si riempie di un'atmosfera carica di dolore e compassione.

La Dott.ssa Scoppelli e la Zanzi si adoperano per garantire che Elisa sia assistita e confortata in questo momento di estrema fragilità emotiva. Al suo rientro in Commissariato la Zanzi chiede a Mario cosa ha trovato sulla vita di Giuseppe Pertignetti. Mario riferisce che Giuseppe Pertignetti, era nato il 15 marzo 1968 ad Albenga.

Cresciuto in una famiglia di pescatori, ha trascorso gran parte della sua vita nella zona costiera. Sposato con Elisa Buttoni, la coppia non aveva figli. Sembravano condurre una vita tranquilla e non erano noti problemi coniugali. Ha frequentato le scuole locali ad Albenga e, dopo il diploma, ha mostrato un precoce interesse per l'arte culinaria. Dopo gli studi, Giuseppe ha iniziato la sua carriera nel settore della ristorazione. Ha lavorato in diversi ristoranti in Liguria prima di decidere di aprire il proprio locale.

Nel 2011, Giuseppe Pertignetti ha aperto il ristorante Pesci Vivi ad Albenga insieme a sua moglie Elisa.

Il ristorante è diventato rinomato per i suoi piatti di pesce fresco e ha guadagnato una buona reputazione nella zona.

Al di fuori del lavoro, Giuseppe amava la pesca e la vita all'aria aperta. Era conosciuto per trascorrere del tempo sul suo peschereccio durante il tempo libero.

Aveva un buon rapporto con i dipendenti del ristorante e sembrava essere stimato dalla comunità locale.

In base a queste informazioni, sembra che Giuseppe Pertignetti avesse una vita stabile e soddisfacente, senza segni evidenti di problemi personali o professionali.

La Zanzi, riflettendo sulla vita di Giuseppe Pertignetti e sulla vendita del ristorante Pesci Vivi al nuovo proprietario, inizia a formulare alcune ipotesi.

Considera diversi possibili motivi per la vendita e cerca di comprendere se ciò possa essere collegato alla sua scomparsa e morte.

- **Forse Giuseppe aveva difficoltà finanziarie o pressioni**

economiche che lo hanno portato a vendere il ristorante. Questo potrebbe aver influito sulla sua vita personale e aver creato una situazione che lo ha reso vulnerabile.

- **Poteva avere nuove opportunità o interessi:** che lo hanno spinto a vendere il ristorante. Questo potrebbe essere anche collegato a un cambiamento di vita o di carriera che potrebbe averlo esposto a nuove persone o situazioni.

- **La vendita potrebbe essere stata influenzata da terzi**, come investitori, creditori o altri fattori esterni

La Zanzi decide di approfondire ulteriormente le circostanze della vendita del ristorante, interrogando persone chiave e cercando di ottenere informazioni più dettagliate sulle dinamiche finanziarie e relazionali di Giuseppe Pertignetti nei mesi precedenti la sua scomparsa.

La Zanzi, riflettendo sul fatto che nessuno ha menzionato il ruolo di Giuseppe Pertignetti come fondatore del ristorante Pesci Vivi, formula diverse ipotesi riguardo ai motivi di questa omissione:

- **Può essere stata una scelta personale** di Giuseppe o del nuovo proprietario di mantenere riservata la sua identità come fondatore per questioni personali.

- **Il nuovo proprietario** ha rilevato il ristorante con l'intenzione di ridefinirne l'immagine o la direzione

- **Potrebbero esserci state tensioni** o rivalità tra Giuseppe e il nuovo proprietario

- **Oppure le persone coinvolte nel ristorante**, compresi i dipendenti e il nuovo proprietario, potrebbero non essere pienamente consapevoli del ruolo di Giuseppe come fondatore.

La Zanzi vuole approfondire ulteriormente quest'aspetto, intervistando sia dipendenti attuali che ex dipendenti, nonché il nuovo proprietario, per ottenere una comprensione più chiara delle dinamiche e delle relazioni all'interno del ristorante.
Chiede ad Anna cosa è riuscita a sapere.
Anna riporta le dice che, durante l'indagine nel ristorante Pesci Vivi, ha raccolto informazioni riguardanti il cambio di proprietà.

Ecco un riassunto delle principali scoperte: Conferma il cambio di proprietà avvenuto circa sei mesi prima, quando il ristorante è stato acquistato dal nuovo padrone, però nessuno ha detto che Giuseppe Pertignetti fosse il fondatore del ristorante.
L'ex personale è a conoscenza di questa informazione, ma il nuovo proprietario non ha reso noto questo dettaglio.

Anna riferisce anche che Giuseppe Pertignetti, ha deciso di vendere il ristorante, ma nessuno sa per quali ragioni.
Non sono emerse notizie su eventuali tensioni o motivazioni specifiche per la vendita.
La Zanzi, alla luce di queste nuove informazioni, decide di concentrarsi su cosa sia successo tra Giuseppe e il nuovo proprietario.
Intende raccogliere ulteriori testimonianze, indagare sulle relazioni personali e professionali di Giuseppe, oltre a esaminare l'accordo di vendita del ristorante.

Il giorno si stava volgendo al termine.
Gigliola Zanzi, con la stanchezza dipinta sul volto, decise di concludere la giornata di indagini.
Prima di lasciare il Commissariato, la Zanzi si rivolse ad Anna e Mario, che stavano ancora lavorando diligentemente tra pile di documenti e schermi illuminati. Sottolineando l'importanza del giorno successivo, ordinò loro di convocare Alessandro

Giovinetti per la mattina seguente.
L'incontro sarebbe stato cruciale per ottenere ulteriori dettagli e chiarimenti sulla vicenda di Giuseppe Pertignetti.
Mentre si avviava verso l'uscita, la Zanzi gettò uno sguardo oltre le finestre del Commissariato.
La città si stendeva sotto un cielo sempre più scuro, mentre le prime stelle cominciavano a comparire, qundi si diresse verso casa, portando con sé le incognite di un caso intricato. Stanca fisicamente e mentalmente, decide però di fermarsi in un accogliente ristorante nel cuore del centro storico di Albenga.
Le pareti in pietra antica raccontano storie silenziose di un passato lontano. Si siede ad un tavolo vicino alla finestra, dalla quale può osservare le strade tranquille della città.
Un cameriere, con garbo e professionalità, le porge il menu.
Lei, senza esitare, comanda un minestrone alla genovese.

Mentre aspetta il suo piatto, la poliziotta osserva attentamente l'ambiente intorno a lei, notando gli avventori che conversano tranquillamente e il suono delicato di una melodia suonata dal pianoforte.

Il minestrone alla genovese arriva puntualmente, servito in una ciotola fumante.
La Zanzi sente subito l'aroma ricco e avvolgente.
Il minestrone genovese si distingue dagli altri minestroni perché è zuppa densa, fatto con verdure di stagione tra queste l'immancabile boraggine, fagiolini, patate, zucchine, a volte anche carciofi ed è arricchito da un profumo del pesto condito con olio extravergine d'oliva.
Le verdure sono tagliate con cura, il profumo del basilico e dell'olio d'oliva di qualità si sposa armoniosamente.

Con il cucchiaio, assapora ogni boccone, godendo della consistenza morbida delle verdure e della ricchezza del brodo cremoso.
Il sapore avvolgente e il retrogusto aromatico del basilico donano al piatto un carattere distintivo è data dalla tipica

preparazione genovese, che conferisce al piatto un carattere unico e avvolgente.

Immersa nella quiete del ristorante, trova un breve rifugio di piacere gustativo, un momento di pausa prima di affrontare le sfide che la investigatrice dovrà ancora affrontare.
Durante la cena, Gigliola riflette su quanto sia importante concedersi questi momenti di pausa, anche in mezzo alle indagini impegnative.

Il ristorante, con la sua cucina ricercata e l'atmosfera accogliente, diventa così un breve rifugio di tranquillità prima di tornare alla dura realtà.

GIORNO 04/01/2024

La mattina seguente, nelle stanze del Commissariato di Albenga, si svolge l'interrogatorio di Alessandro Giovinetti.

Alessandro Giovinetti, nervoso, è seduto di fronte al tavolo interrogatorio.

La Zanzi, Marco Taglini e l'Assistente Capo Coordinatore Anna Lobascio si preparano ad interrogarlo

La Zanzi è in divisa e trasmette un senso di autorità e serietà.

L'atmosfera è tesa mentre la Zanzi apre l'interrogatorio chiedendo ad Alessandro di raccontare la sua versione dei fatti riguardo alla notte di Capodanno e alla scomparsa di Giuseppe Pertignetti. Anna Lobascio prende appunti con precisione, annotando ogni dettaglio, mentre Marco Taglini osserva attentamente le reazioni di Alessandro.

Le domande sono mirate, e la Zanzi cerca di ottenere chiarezza su ogni aspetto della vicenda.

Domanda: "Alessandro Giovinetti, perché non hai menzionato che il ristorante Pesci Vivi era di proprietà di Giuseppe Pertignetti?"

Risposta: "Mi scuso per l'omissione. Non ho specificato che Giuseppe era il proprietario del ristorante Pesci Vivi perché non lo ritenevo rilevante."

Domanda: "Puoi fornire dettagli sulle transazioni finanziarie tra lei e Giuseppe Pertignetti riguardo al ristorante?"

Risposta: "Ho patuito con Giuseppe la somma di 50.000 euro, l'atto di vendita è stato fatto dal Notaio Cafone e registrato

all'Agenzia delle Entrate"
Domanda: "Avete anche stipulato delle transazioni extra?"
Risposta: "Assolutamente No!"

Domanda: "Ha completato tutti i pagamenti per l'acquisto del ristorante o ci sono ancora debiti pendenti?"

Risposta: "A oggi non ho ancora completato tutti i pagamenti per l'acquisto del ristorante. Ho ancora delle rate da saldare."

Domanda: "Dove si trovava quando Giuseppe è scomparso e cosa stavi facendo in quel momento?"

Risposta: "Ero nei pressi della cassa del ristorante, stavo andando a vedere come tutti i fuochi pirotecnici sul mare."

Domanda: "Secondo lei, Giuseppe ha venduto il ristorante a causa delle restrizioni legate al lockdown da Covid?"

Risposta: "Non lo posso affermare con certezza, ma solo supporre che le difficoltà legate al lockdown da Covid abbiano potuto influenzare la sua decisione."

L'interrogatorio procede con la precisione di un orologio, seguendo un protocollo rigoroso.

Alessandro, è visibilmente sotto pressione e risposte vengono analizzate attentamente dalla squadra investigativa, che cerca di cogliere eventuali incongruenze o dettagli significativi.

Domanda: "Alessandro, può descrivermi i rapporti che Giuseppe Pertignetti aveva con lo Chef Claudio Improta e con gli altri membri del personale del ristorante Pesci Vivi? Come era la dinamica tra di loro?"

Risposta: "Beh, Giuseppe era piuttosto amichevole con tutti. Aveva un buon rapporto con lo Chef Claudio Improta, un professionista esperto con il quale condivideva la passione per la cucina di qualità, avevano lavorato assieme parecchi anni.

Con gli altri membri del personale, formavano una squadra affiatata. Ogni tanto potevano esserci qualche piccola discussione, come in ogni ambiente lavorativo, ma nulla di significativo. Giuseppe era rispettato e apprezzato da tutti."

Domanda: "Alessandro, Giuseppe Pertignetti era d'accordo con le scelte culinarie dello Chef Claudio Improta?"

Risposta: "Sì, generalmente Giuseppe era d'accordo con le scelte dello Chef. Avevano una buona sinergia quando si trattava di pianificare il menù e offrire piatti di alta qualità ai clienti. Ovviamente, potevano esserci delle discussioni occasionali, ma nel complesso lavoravano bene insieme per mantenere lo standard gastronomico del ristorante."

Domanda: "Alessandro, mi può dire quanto tempo Claudio Improta e Giuseppe Pertignetti abbiano lavorato insieme?"

Risposta: Sì, Claudio Improta e Giuseppe Pertignetti hanno collaborato per diversi anni, più di 10 anni se non mi sbaglio.

Improta è stato lo Chef principale del ristorante Pesci Vivi fin dall'apertura, e Giuseppe è stato coinvolto in tutte le decisioni chiave riguardanti il menù e la gestione culinaria.

La loro partnership è stata solida e hanno lavorato fianco a fianco per mantenere l'alta qualità della cucina offerta nel ristorante."

Questa informazione suggerisce che non c'erano attriti significativi sul fronte culinario, ma potrebbe aprire la porta a ulteriori domande sulla dinamica tra Giuseppe e lo Chef, fornendo nuovi spunti per l'indagine.

Dopo la serie di domande dettagliate e risposte approfondite Zanzi si rivolge al Giovinetti : "Grazie, signor Giovinetti, per la sua cooperazione. Le domande e le risposte di oggi ci sono state di grande aiuto. Tuttavia, voglio sottolineare che questa è solo la prima fase delle indagini. Raccoglieremo ulteriori informazioni dall'autopsia e dai risultati della Polizia scientifica. Potrebbe essere necessario riavere sue ulteriori dichiarazioni in futuro. La ringrazio ancora per la sua collaborazione. Sarà informato sugli sviluppi."

Marco Taglini prima di alzarsi si rivolge a Alessandro Giovinetti con determinazione:

Taglini: "Signor Giovinetti, come parte delle indagini,

procederemo al recupero dei video di sorveglianza. Questo ci aiuterà a ottenere una visione più chiara degli eventi. La pregherei di fornirci l'autorizzazione formale per accedere a tali registrazioni. È una pratica standard in casi come questo e contribuirà significativamente alle nostre indagini. Sarà possibile organizzare questo passaggio al più presto?"

Giovinetti: "Certo, andate pure a prender i video. Tuttavia, devo dirvi che non abbiamo telecamere all'interno del locale, ma solo nel parcheggio e all'ingresso. Quindi, temo che non troverete immagini dettagliate dell'interno del ristorante. Comunque, se questo può esservi d'aiuto, avete la mia autorizzazione."

La Zanzi si alza dalla scrivania, e con lei i suoi collaboratori.

L'incontro è concluso, però vi sono delle possibilità di future convocazioni a seconda dei progressi delle indagini.

La Zanzi, un poco delusa, si rivolge a Mario ed Anna:

Zanzi: "Mi aspettavo di ottenere più informazioni da Giovinetti, ma sembra che abbia giocato bene le sue carte.

Cosa ne pensate?

Avete qualche suggerimento su come possiamo procedere ora?

Inoltre i video all'interno del ristorante non siano disponibili.

Dobbiamo trovare un altro approccio. Suggerimenti?"

Marco: "Potremmo concentrarci sulle testimonianze degli avventori del ristorante quella notte. Magari qualcuno ha notato qualcosa di insolito."

Anna: "E potremmo anche cercare di reperire informazioni sui dipendenti del ristorante. Magari qualcuno di loro sa qualcosa o ha notato comportamenti strani."

Anna: "Inoltre, potremmo cercare testimonianze esterne, clienti abituali o persone della zona che frequentano il ristorante. Magari qualcuno ha notato qualcosa di insolito quella sera."

Marco: "Potremmo concentrarci su altri membri del personale del ristorante, magari parlare con lo chef Improta o con gli altri dipendenti. Potrebbero avere informazioni utili."

Zanzi: "Buone idee. Concentriamoci sulle testimonianze e facciamo un'indagine più approfondita sui clienti Ogni dettaglio potrebbe essere utile.Dobbiamo esplorare tutte le possibilità. Andiamo avanti con questa nuova strategia, vediamo se riusciamo a raccogliere più dettagli sulla serata di Capodanno."

In ufficio

Zanzi: "Marco, hai qualche sviluppo sul legame tra Giuseppe Pertignetti e le Grotte di Toirano?

Hai scoperto qualcosa?"

Marco: "Per ora nulla di concreto,sto verificando le telecamere di sicurezza nella zona. Forse, se siamo fortunati riusciamo ad avere qualche indizio su chi sia entrato o uscito dalle grotte nella notte o il giorno della sua scomparsa."

Zanzi: "Continua così, Marco. Le grotte potrebbero essere la chiave per capire cosa sia successo a Pertignetti. Fammi sapere non appena hai nuove informazioni."

Marco annuisce e torna al lavoro.

Zanzi: "Leo, mi sai direqualcosa da farmi sapere sui movimenti di Giuseppe Pertignetti la notte di Capodanno? Quali sono le tue scoperte?"

Leo: "Commissario, ho analizzato attentamente i movimenti di Pertignetti. Dalla registrazione delle telecamere di sorveglianza vicino al ristorante, sembra che abbia trascorso la serata tranquillamente nel locale, è entrato con la moglie e non è più uscito"

Zanzi: "E dopo la chiusura del ristorante, hai trovato qualcosa di sospetto nei suoi movimenti?"

Leo: "No, nulla, nessuna traccia del Pertignetti"

Zanzi: "Hai verificato i contatti telefonici e le transazioni finanziarie?"

Leo: "Sì, ho controllato. Nessun movimento finanziario sospetto, e le chiamate sono state principalmente a fini personali alla moglie e alla sorella ed una il giorno 30 alle 18.30 al ristorante per la prenotazione del tavolo e nient'altro, nulla di strano."

Zanzi: "Va bene, Leo. Continua a monitorare la situazione e verifica se ci sono registrazioni nelle vicinanze che possano gettare luce sui passi successivi di Pertignetti. Fammi sapere appena hai nuove informazioni."

Leo annuisce e si rimette al lavoro, mentre la Zanzi elabora le nuove informazioni.

La Zanzi chiama la dott.ssa Elisa Scoppelli

Zanzi: "Dott.ssa Scoppelli, sono il Commissario Zanzi. Mi chiedevo se avesse terminato l'autopsia su Giuseppe Pertignetti, ha qualche informazione da condividere?"

Elisa Scoppelli: "Sì, Commissario. Ho completato l'autopsia. "La causa della morte di Pernighetti è stata asfissia da strangolamento l'ora del decesso si aggira tra le 05.30 e le 06.30.

Dopo ulteriori analisi, ho individuato che le tracce sul collo di Pertignetti suggeriscono l'utilizzo di un filo in acciaio o un filo di nylon da pesca.

Potrebbe essere ad esempio un taglia formaggio o di un filo d'argilla a due mani, come quelli usati dagli Chef."

Zanzi: "Interessante. Un'arma insolita. Ha idea di come sia possibile che sia stata utilizzata dagli Chef?

Scoppelli: "Sì, molti Chef utilizzano questo tipo di utensile, spesso dotato di prese in legno o silicone per tagliare i formaggi. È molto pratico e può essere facilmente conservato nella custodia dei coltelli. Potrebbe essere stato a portata di mano in un ambiente come una cucina."

Zanzi: "Capisco. Questa scoperta potrebbe fornire nuove prospettive alle nostre indagini. Sta riscontrando altri elementi che potrebbero collegare questa arma a qualcuno specifico?"

Scoppelli: "Al momento sto approfondendo ulteriormente gli elementi raccolti, ma è una pista che potrebbe indirizzarci verso chi ha accesso agli strumenti da cucina e, in particolare, a questo filo a due mani."

Zanzi: "Perfetto, grazie per le sue delucidazioni."

Scoppelli: "Sono a disposizione per qualsiasi altro chiarimento, Vice Questore. A presto."

Zanzi: "Dott.ssa Scoppelli, ho un'altra domanda. Considerando la temperatura delle grotte, è possibile che ci siano fattori che abbiano influenzato il momento della morte. Può fare analisi più approfondite per essere sicura dell'ora della morte, per accertare che non vi siano fattori che travisano ?"

Scoppelli: "Capisco la sua preoccupazione, Commissario. Farò ulteriori analisi per considerare tutti i fattori, compresi quelli legati alle condizioni ambientali delle grotte. Le fornirò risultati più dettagliati non appena possibile."

Zanzi: "Grazie per le informazioni, Dott.ssa Scoppelli. Mi tenga aggiornata su ulteriori dettagli che possano emergere."

La Zanzi, finita la telefonata con il medico legale, chiama il capo della Polizia Scientifica intervenuta alle Grotte di Toirano.

Zanzi: "Vice Questore De Caprio, sono Zanzi. Avete già qualche riscontro o indizio dai rilievi fatti sul luogo del ritrovamento del cadavere alle Grotte di Toirano e nel ristorante Pesci Vivi?"

Vice Questore De Caprio: "Commissario Zanzi, al momento stiamo ancora analizzando i reperti raccolti. Abbiamo notato alcuni dettagli interessanti alle Grotte e stiamo procedendo con attenzione nel ristorante. Ci vorrà del tempo per elaborare le informazioni, ma la terrò aggiornata appena abbiamo nuovi sviluppi."

Zanzi: " De Caprio, c'è la possibilità di liberare il ristorante Pesci

Vivi, o ritenete necessari ulteriori rilievi?"

De Caprio: "Commissario, stiamo concludendo i rilievi al ristorante. Entro la fine della giornata potremmo liberare l'area, ma vorrei completare tutte le analisi necessarie prima di prendere una decisione definitiva. Preferiamo essere sicuri di non trascurare nulla. La terrò informata sugli sviluppi."

Zanzi: "Capisco, grazie, informateci non appena avete ulteriori informazioni."

Zanzi seduta alla sua scrivania nell'ufficio del Commissariato di Albenga, con il telefono in mano, digitava con attenzione il numero del P.M. Giovanni Devino, responsabile del caso di Giuseppe Pertignetti. Dopo qualche squillo, la voce decisa si fece sentire.

Zanzi: "Buonasera, Dott. Devino. Sono il Vice Questore Zanzi. Ho bisogno di aggiornarla sui progressi delle indagini riguardanti il caso Pertignetti."

P.M.: "Buonasera a lei, Zanzi. Mi dica, cosa avete scoperto?"

Zanzi: "Purtroppo, al momento non abbiamo elementi certi. Abbiamo solo supposizioni e indizi. Stiamo facendo il possibile per ottenere riscontri più solidi."

P.M. "Supposizioni? Capisco che è presto, ma speravo in sviluppi più rapidi. Il caso è complesso?"

Zanzi: "Sì, Pubblico Ministero. Stiamo esaminando tutte le piste possibili e non vogliamo trarre conclusioni affrettate. Appena ci saranno nuovi sviluppi mia premura aggiornarla"

Dott. Devino: "OK! , Zanzi. Vorrei chiudere questo caso il prima possibile."

Zanzi: "Faremo del nostro meglio .A presto."

La telefonata si concluse, lasciando entrambi con una sensazione di insoddisfazione frustrazione. La Zanzi voleva chiuder il caso al più presto, ma si rendeva anche conto che c'erano troppi misteri da svelare.

Nel pomeriggio la Zanzi convoca i clienti seduti al tavolo vicino della famiglia Pertignetti : Alessandra Zizzi, Giusi Campagna e Francesco Di Merola

Zanzi: "Buon pomeriggio a tutti. Siamo qui per avere alcune informazioni sulla serata di Capodanno al ristorante Pesci Vivi. Voi eravate seduti al tavolo vicino alla famiglia Pertignetti, giusto?"

Alessandra Zizzi: "Sì, esatto. Eravamo al tavolo vicino."

Zanzi: "Bene, avete notato qualcosa di insolito o fuori dall'ordinario durante la vostra cena quella sera."

Giusi Campagna: "Onestamente, non abbiamo notato nulla di strano. Era una serata piacevole, tutti sembravano divertirsi."

Francesco Di Merola: "Già, nessun problema apparente. La famiglia Pertignetti sembrava felice e tranquilla."

Zanzi: "Capisco. Avete forse notato se il signor Pertignetti aveva avuto qualche discussione o interazione particolare con qualcuno?"

Alessandra Zizzi: "No, niente di tutto questo. Erano una famiglia normale"

Zanzi: "Avete notato qualcosa di insolito durante la serata? Qualcuno che potrebbe aver attirato la vostra attenzione?"

Alessandra Zizzi: "Onestamente, no. Era una serata festosa, e sembrava che tutti stessero godendo della compagnia e dei festeggiamenti."

Zanzi: "Grazie. Potreste dirmi a che ora sono iniziati i fuochi d'artificio e cosa avete fatto?"

Giusi Campagna: "Di preciso non posso dirglielo, ma penso verso le 23.55 ed abbiamo guardato i fuochi d'artificio dall'esterno del ristorante, come hanno fatto tutte le persone presenti al ristorante. Erano spettacolari."

Zanzi: "E durante i fuochi, eravate ancora vicino ai Pertignetti?"

Francesco Di Merola: "Sì, si sono alzati dal tavolo con noi, ma poi non li abbiamo più visti perché erano alle nostre spalle, solo al momento del brindisi, abbiamo visto che c'era solo al signora Pertignetti. Io, non ho visto il Pertignetti guardare i fuochi con la moglie"

Questa osservazione solleva un nuovo interrogativo al Comissario Zanzi che potrebbe rivelarsi fondamentale per le indagini in corso.

Zanzi: "Sig. Di Merola, può gentilmente raccontarmi più dettagliatamente quello che ha notato? Ha menzionato di aver visto la moglie di Pertignetti guardare i fuochi, ma hai dubbi sulla presenza del marito. Puoi approfondire questa osservazione?"

Francesco Di Merola: "Certo. Mentre eravamo lì a guardare i fuochi, ho notato la signora Pertignetti da sola. Non ho visto suo marito con lei, e ciò mi ha sorpreso."

Zanzi: "Quindi, per essere chiari, conferma di aver visto solo la signora Pertignetti mentre osservava i fuochi d'artificio, senza la presenza di suo marito?"

Francesco Di Merola: "Esattamente. Ho la certezza che non ci fosse."

La Zanzi annota con cura questa nuova informazione, con la conoscenza che potrebbe gettare nuova luce sugli spostamenti di Giuseppe Pertignetti durante la serata.

Zanzi: "Grazie per le vostre risposte. Se vi ricordate di qualcosa o se viene in mente qualcos'altro, non esitate a farcelo sapere. La vostra collaborazione è fondamentale per capire cosa sia successo quella notte."

I tre annuirono, e la Zanzi li congedò.

La Zanzi chiama la squadra composta da Anna, Mario, Marco e Leo, riferendo loro la nuova informazione ottenuta da Francesco Di Merola. La squadra si riunisce nell'ufficio della Zanzi per discutere e fare il punto sulla situazione.

Zanzi: "Ragazzi, c'è una novità. Francesco Di Merola ha dichiarato di non aver visto Giuseppe Pertignetti guardare i fuochi e che non era alle spalle della moglie durante lo spettacolo pirotecnico. Questo solleva nuovi dubbi sulla sua presenza durante quella serata. Questa versione concorda con quanto ci ha riferito il cameriere, che aveva visto il marito di Elisa Buttoni dirigersi verso la zona bagni, cucina e magazzino. Che ne pensate?"

Anna: "Potrebbe essere un elemento chiave. Se Pertignetti non stava guardando i fuochi, ma si stava dirigendo altrove, potremmo focalizzare l'indagine su quella zona e cercare ulteriori dettagli."

Mario: "Giusto. Dobbiamo esaminare attentamente quella parte del ristorante."

Marco: "Concordo. Inoltre, dovremmo interrogare nuovamente il cameriere per ottenere ulteriori dettagli sui movimenti di Pertignetti prima che si allontanasse."

Leo: "Potrebbe esserci qualcosa di rilevante in quella zona. Dobbiamo concentrarci su quei passaggi e cercare di ottenere il massimo dalle testimonianze."

La Zanzi assegna compiti specifici alla sua squadra in base alla nuova informazione ottenuta da Francesco Di Merola. Leo riceve l'incarico di convocare nuovamente il cameriere per ottenere ulteriori dettagli sui movimenti di Giuseppe Pertignetti durante la serata.

Zanzi: "Leo, chiamami il cameriere il prima possibile. Voglio capire meglio i dettagli su come Pertignetti si è comportato quella sera. Chiedigli se ha notato qualcosa di insolito o se ha notato il marito di Elisa Buttoni dirigersi verso la zona dei bagni o delle cucina o del magazzino."

Leo: "Capo, ci penso subito."

Zanzi: "Bene. Nel frattempo, Anna, Mario, Marco, vorrei che vi occupaste di contattare la scientifica. Dite loro di fare ricerche approfondite nei bagni, nel magazzino e nella cella frigorifera In particolare, desideriamo che prestino attenzione alla porta che collega il magazzino alla spiaggia e al parcheggio delle auto. Cerchiamo di trovare indizi o registrazioni o testimoni che possano darci ulteriori informazioni sui movimenti di Pertignetti."

Anna: "Capo, ci mettiamo subito al lavoro."

Zanzi: "Tenetemi aggiornata su qualsiasi cosa nuova scopriate."

La Zanzi affida a Leo un compito specifico, chiedendogli di raccogliere informazioni visive riguardo alle auto dello Chef e dei camerieri del ristorante.

Zanzi: "Leo, ho bisogno che tu vada al ristorante. Controlla e fai delle foto alle auto dello Chef e di tutti i camerieri. Voglio avere un'idea chiara di chi era presente quella notte. Quando rientri, ti darò ulteriori indicazioni."

Leo: "Capo, vado subito. Farò tutto il possibile per raccogliere le informazioni che ci servono."

Zanzi: "Bene, fammi sapere appena hai completato questa fase."

Leo rientra dopo circa un'ora, fornendo a Zanzi le informazioni raccolte riguardo alle auto presenti al ristorante Pesci Vivi.

Leo: "Commissario, ecco le foto delle auto nel parcheggio del ristorante. Ho i numeri di targa del proprietario, dello Chef, del Sous Chef, di tre camerieri e di due addetti alle pulizie. Purtroppo, essendo chiuso il locale, non ho potuto reperire le informazioni sulle auto di due cuochi e di un cameriere. Inoltre, ho il numero del cameriere che è stato testimone per convocarlo in Commissariato per testimoniare."

Zanzi: "Ottimo lavoro, Leo. Queste informazioni potrebbero rivelarsi cruciali. Fai in modo di ottenere anche le informazioni sulle altre auto il prima possibile. Nel frattempo, procediamo con le testimonianze e gli altri accertamenti."

Leo: "Va bene, Commissario. Sarà fatto."

Zanzi: "Marco, Mario, Anna, dobbiamo estendere la nostra ricerca, vi prego di ottenere con urgenza i video di entrata ed uscita dai caselli autostradali di Albenga e Borghetto Santo Spirito da Autostrade.

Contattate la Polizia locale di Borghetto Santo Spirito per acquisire i loro video e cercate qualsiasi altra fonte di registrazione a Toirano e vicino alle Grotte.

Questi video dovrebbero coprire il periodo cruciale dalle 23:30 del 31 dicembre 2023 alle 08:00 del 02 gennaio 2024, momento in cui è stato ritrovato il corpo di Giuseppe Pertignetti. Ogni dettaglio potrebbe rivelarsi importante."

La giornata volge alla fine e la Zanzi decide di andare a casa. Tuttavia, una pioggia improvvisa e intensa inizia a scrosciare dal cielo.

Senza il suo mezzo di trasporto, si rivolge ad Anna, uno dei membri della sua squadra.

Zanzi: "Anna, piove a dirotto e non ho la macchina qui. Mi daresti un passaggio a casa?"

Anna, senza esitazioni, risponde: "Certamente, Vice Questore. Andiamo, l'accompagno."

La Zanzi ringrazia Anna.

Mentre viaggiano sotto la pioggia battente, Anna propone un'opzione che la Zanzi accetta con piacere.

Anna: " Vice Questore, se vuole, possiamo fare una breve deviazione e cenare insieme. Conosco un posto che serve delle ottime specialità liguri."

La Zanzi, pur stanca per la lunga giornata di lavoro trascorsa, accetta l'invito con un sorriso.

Zanzi: "Ottima idea, Anna. Sarà una piacevole pausa."

Anna e la Zanzi arrivano in un delizioso ristorantino dopo la stazione e a pochi passi dalla spiaggia. Decidono di fermarsi per una cena leggera. Una volta sedute al tavolo, chiedono al cameriere il menù per capire quali prelibatezze il ristorante ha da offrire.

Cameriere: "Buonasera! Ecco il menù del nostro ristorante. Se posso consigliarvi, le nostre specialità liguri sono molto apprezzate."

La Zanzi e Anna sfogliano il menù e decidono di assaggiare alcune tipicità della cucina ligure.
Il menù delle specialità liguri

- **Fritelle di gianchetti:** Antipasto a base di piccoli pesci fritti.
- **Trofie al pesto:** Primo piatto tradizionale ligure a base di pasta fresca condite con celebre pesto genovese.
- **Mandilli al pesto:** I "mandilli" sono lasagne sottili simili a fazzoletti.
- **Coniglio alla ligure:** Coniglio preparato secondo la tradizione ligure, arricchito da aromi e olive.
- **Torta di verdure:** Torta preparata con le verdure fresche della regione.

La Zanzi e Anna decidono di iniziare la loro cena con un antipasto tradizionale della cucina ligure, le "frittelle di gianchetti".

Ordinano entrambe questo piatto gustoso e tipico, un piatto che si può mangiare solo in un breve periodo dell'anno. I gianchetti sono piccoli pesci azzurri, chiamati anche "sardine neonate" o "acciughe neonate", sono apprezzati per il sapore delicato e vengono utilizzati nella preparazione di diverse specialità culinarie, tra cui le fritelle.

Poco dopo, il cameriere porta al tavolo un piatto fumante di frittelle, ognuna impreziosita dalla croccantezza dei gianchetti, piccoli pesci che donano un sapore unico. Il profumo marino si diffonde nell'aria, creando un'atmosfera invitante.

La Zanzi e Anna, accompagnano le frittelle di gianchetti con un bicchiere di vino Pigato, un vino tipico della zona di Albenga.

Quando la Zanzi e Anna devono scegliere il secondo piatto, la Zanzi ordina i "mandilli al pesto".

I "mandilli" sono una variante di pasta simile a delle lasagne di piccole dimensioni. Il pesto ligure è una condimento a base di basilico, olio d'oliva extra vergine, pinoli, pecorino e Parmigiano Reggiano e pepe nero.

Per ottenere un pesto fragrante non bisogna usare ne frullatori ne mixer, ma il classico mortaio e le foglie non devono essere pestate, ma con il giro del polso schiacciate contro le pareti. Per far mantenere la brillantezza alla salsa molti Chef prima di procedere alla preparazione mettono le foglie del basilico in acqua con il ghiaccio.

Il Pesto Ligure è conosciuto ed apprezzato in tutto il mondo.

Anna invece sceglie la "torta di verdure o Pasqualina"

La "torta Pasqualina" come dice il nome è un piatto tradizionale della cucina ligure, che viene consumato nei giorni di Pasqua, ma è possibile incontra questa torta di verdure tutto l'anno.

E' fatta con la pasta sfoglia con un ripieno a base di ricotta o latte cagliato, carciofi, bietole o giæe in ligure, borragine ed altre erbe primaverili, nel periodo di Pasqua si aggiungono le uova.

Una volta cotta, viene servita o tiepida o a temperatura ambiente. È un piatto che celebra i sapori freschi della primavera e rappresenta una tradizione gastronomica consolidata nella cucina ligure.

Anna mentre mangia: "Vicequestore, Albenga è davvero una perla di storia. Fin da piccola, i miei genitori mi portavano qui in vacanza, e ogni volta era un'avventura. Amo questa città per la sua ricca storia, che affonda le radici addirittura nel IV secolo.

Tra i monumenti più significativi ci sono la Cattedrale di San Michele Arcangelo e il Battistero. Albenga è anche conosciuta come "la città dalle cento torri".

Nel centro storico ci sono le tre torri che sono il simbolo di Albenga il Campanile di San Michele, la Torre Civica e la Torre del

Municipio."

Zanzi: (curiosa) "Sono davvero impressionata dalla tua conoscenza della storia locale. Albenga sembra un luogo ricco di fascino e mistero."

Anna: "E ha ragione! Oltre alla storia, Albenga offre anche tante opportunità di svago e divertimento. Ci sono eventi culturali, ristoranti accoglienti e, naturalmente, la bellezza del mare. Sono sicura che si innamorerà sempre di più di questa città."

Zanzi: "Grazie per condividere tutto questo, Anna. Il giorno della Befana, mi dedico ad esplorare Albenga e di scoprire tutto ciò che ha da offrire."

La serata prosegue così, tra conversazioni leggere e la scoperta di autentiche delizie liguri.

GIORNO 05/01/2024

Il giorno seguente, la Zanzi si prepara per una giornata impegnativa, sapendo che l'attenzione dei media e l'urgenza di risolvere il caso si stanno intensificando.

Alle 9 in punto, il Questore di Savona, Terelli, chiama per avere aggiornamenti.

Questore: (al telefono) "Buongiorno, Vicequestore Zanzi. Sono il Questore Terelli. Abbiamo bisogno di notizie aggiornate sul caso Pertignetti. La stampa sta seguendo la vicenda con grande interesse, e dobbiamo rispondere alle crescenti interrgazioni."

Zanzi: (risponde) "Buongiorno, Questore. Stiamo lavorando con impegno per risolvere questo caso al più presto. Abbiamo inviato i rilievi alla scientifica, e stiamo aspettando gli ultimi esami dopo l'autopsia. Sarà una giornata intensa."

Dopo la chiamata del Questore, arriva la telefonata del Pubblico Ministero Rinaldi, incaricato per le indagini.

Pubblico Ministero Dott. Devino: (al telefono) "Vicequestore Zanzi, sono Devino. Ho bisogno di aggiornamenti sul caso Pertignetti. La situazione si sta facendo critica, e la stampa insiste per avere informazioni."

Zanzi: (risponde) "Buongiorno, stiamo lavorando senza sosta. La scientifica sta ultimando i rilievi, e aspettiamo gli esiti dei biochimici dell'autopsia ed abbiamo nuove testimonianze, che sono molto interessanti. Capisco l'urgenza e faremo del nostro meglio per chiudere il caso nel minor tempo possibile. Appena abbiamo informazioni certe la contatterò."

La Zanzi, insieme a Marco, Mario e Anna, si ritrovano in una sala riunioni per analizzare attentamente i risultati ottenuti dai video delle telecamere di sorveglianza.

Ciascun membro della squadra ha visionato i filmati provenienti dall'autostrada, dalla Polizia Locale di Borghetto Santo Spirito e dal comune di Toirano, così come dalle vicinanze delle Grotte.

Zanzi: (inizia la discussione) "Bene, ragazzi, vediamo cosa avete trovato nei video. Cominciamo con quelli dell'autostrada."

Marco: "Abbiamo visionato i video dai caselli di Albenga e Borghetto Santo Spirito. Nessuna traccia del Pertignetti, né di auto di clienti o del personale del ristorante."

Mario: "Per quanto riguada la Polizia Locale di Borghetto Santo Spirito, abbiamo individuato la macchina di un cameriere che lascia l'Aurelia e gira sulla strada provinciale in direzione Toirano alle 02.50."

Anna: "E abbiamo notato un'altra auto, guidata da una persona che sembrerebbe Claudio Improta, che gira dalla Statale Aurelia verso Toirano alle 04.05 però l'auto non è quella dello Chef"

Zanzi: (riflette) "Due movimenti sospetti in direzione di Toirano, ma gli orari sono differenti. Se è Improta sembra muoversi più tardi. Questo potrebbe avere qualche rilevanza. Avete notato qualcos'altro nei video?"

Anna, Mario e Marco rispondono decisi: "No!"

Leo: (entrando in sala) "Eccomi, Vicequestore."

Zanzi: "Abbiamo bisogno di te per qualcos'altro. Abbiamo identificato due movimenti sospetti verso Toirano, uno del cameriere e uno potrebbe essere di Improta. Voglio che tu indaghi su queste piste. Guarda se riesci a ottenere ulteriori informazioni su questi spostamenti, chi era a bordo, se hanno fatto sosta nei pressi delle Grotte o in altre zone. Sii discreto e informati al più presto.

Voglio che tu vada nel centro di Borghetto e raccogli tutti i filmati di sorveglianza dalle 00.00 alle 10.00 del 1 gennaio. Concentrati su banche, distributori e le registrazioni della polizia locale. Cerca di individuare il viso del conducente di entrambe le auto. Potrebbe assomigliare a Improta o a qualcun altro che possiamo identificare. Facci sapere se trovi qualcosa."

Leo: "Mi metto subito al lavoro e vi terrò aggiornati."

Dopo la riunione, la squadra si divide per perseguire ulteriori indagini, conscia che gli spostamenti verso Toirano potrebbero essere la chiave per risolvere il mistero della morte di Giuseppe Pertignetti.

La Zanzi decide di avere maggior informazioni sull'ora della morte, quindi chiama la Dott.ssa Scoppelli, quindi

si isola in un ufficio tranquillo per avere una conversazione riservata.

Zanzi: (chiama la Scoppelli) "Buongiorno Dottoressa sono Gigliola Zanzi, ha degli aggiornamenti sull'autopsia di Giuseppe Pertignetti."

Scoppelli: (risponde) "Buongiorno a lei. Sì, ci sono degli sviluppi da condividere. Durante l'esame microscopico, abbiamo notato che in alcuni tessuti del corpo di Pertignetti si sono verificate delle piccole lacerazioni che potrebbero essere fondamentali per l'indagine."

Zanzi: (curiosa) "Quindi, cosa sta pensando in termini di un nuovo orario?"

Scoppelli: "Stiamo valutando attentamente, ma sembra che la morte sia avvenuta prima di quanto inizialmente ipotizzato. Chiedo ancora un po' di tempo per analizzare tutti gli elementi e fornire una stima più precisa, perché questi nuovi elementi, potrebbero complicare il conteggio dell'ora della morte."

Zanzi: "Capisco. Grazie per l'aggiornamento, Dottoressa."

Scoppelli: "Sarà mia premura tenerla al corrente. A presto."

Finita la telefonata la Zanzi ragiona su quanto saputo

La situazione si complica ulteriormente.

La possibilità che abbia o abbiano cercato di manipolare l'ora della morte e l'identificazione del filo d'acciaio come arma del delitto introducono una serie di domande cruciali. Dobbiamo fare chiarezza su queste nuove informazioni.

Perché qualcuno ha cercato di alterare l'ora della morte?

- Potrebbe essere un tentativo di depistare le indagini, rendendo più difficile ricostruire la sequenza degli eventi. Chiunque abbia fatto ciò potrebbe aver avuto accesso al corpo dopo la morte.

Il filo d'acciaio usato per tagliare i formaggi è un'arma insolita.

- Chi tra gli Chef o il personale del ristorante avrebbe potuto avere accesso a un simile strumento?
- Dobbiamo approfondire le competenze e le abitudini degli Chef e vedere se qualcuno potrebbe essere coinvolto in modo più diretto.

Qual è il movente dietro a tutto questo?

- Un omicidio così elaborato richiede un motivo significativo.

Vanno esaminate le relazioni tra Giuseppe Pertignetti e gli altri coinvolti per identificare chi avrebbe avuto un interesse così forte da giustificare un assassinio così complicato.

Cosa dobbiamo cercare nelle registrazioni e nelle testimonianze?

- Ora che sappiamo che qualcuno sta cercando di alterare le prove, dobbiamo essere particolarmente attenti a ogni dettaglio.

Cercheremo incongruenze negli orari forniti e faremo appello a possibili testimoni che potrebbero aver notato qualcosa di fuori dall'ordinario.

Come procediamo da qui?

- Continueremo a seguire ogni pista, cercheremo prove concrete e metteremo insieme il puzzle.

Non possiamo permettere che chiunque sia coinvolto in questa macabra sceneggiatura sfugga alle conseguenze. La verità emergerà, dobbiamo solo essere pazienti e metodici nelle nostre indagini.

La Zanzi chiama la Polizia Scientifica

Zanzi: (al telefono) "Dottor De Giovanni, è Zanzi. Ho bisogno di informazioni per le indagini. Avete fatto progressi? Avete trovato un filo d'acciaio per tagliare formaggi o creta?"

De Giovanni: "Certamente, Vice Questore. Siamo stati impegnati nelle ricerche. Per quanto riguarda l'arma del delitto, abbiamo analizzato la zona e non abbiamo trovato nulla di simile a un filo d'acciaio o creta a due mani."

Zanzi: "Capisco. Quindi, niente tracce dell'arma dove è stata trovata la salma?"

De Giovanni: "Esatto, nulla che possa essere collegato direttamente all'omicidio. Per il momento, non possiamo confermare la natura dell'arma utilizzata, quindi ci basiamo solo sulle supposizioni del medico legale."

Zanzi: (pensando) Cazzo! sembra che siamo ad un punto morto su questo fronte. (parlando) "Bene, avete trovato tracce di sangue dove è stato ritrovato il corpo alle Grotte di Toirano?"

De Giovanni: "Abbiamo analizzato tutto il terreno dove c'era il corpo, ma nessuna traccia di sangue."

Zanzi: "Capisco. Vi prego di tenermi aggiornata sugli sviluppi."

Zanzi: "Grazie, Dottor De Giovanni. Vi prego di non trascurare alcun dettaglio."

De Giovanni: "Faremo del nostro meglio, Vice Questore. La terremo aggiornata appena avremo ulteriori risultati."

Leo: (rientra in commissariato con un'espressione attenta) "Vice Questore, ho ottenuto i fotogrammi richiesti attraverso la polizia locale di Borghetto."

Zanzi: (seduta alla scrivania alza lo sguardo) "Bene, Leo. Dimmi cosa hai scoperto."

Leo: "Abbiamo identificato due autisti che sono passati in direzione Toirano nelle prime ore del 1° gennaio 2024. (mostra i fotogrammi alla Zanzi).

Questo è il primo autista, Enrico Cingoletti, il cameriere che ha visto per l'ultima volta la vittima. È passato alle 02.50."

Zanzi: (annuisce) "Continua."

Leo: (mostra il secondo fotogramma) "Questo è il secondo autista. Anche se non abbiamo la certezza, potrebbe essere lo Chef Improta, ma l'auto non corrisponde a quella di proprietà di Improta. È passato alle 04.05."

Zanzi: (pensierosa) "Interessante. Qualche altra informazione su questo autista?"

Leo: "Al momento, non abbiamo ulteriori dettagli sulla sua identità o sull'auto. Stiamo cercando di ottenere più informazioni dalla polizia locale."

Zanzi: (guardando attentamente i fotogrammi) "Leo, convoca immediatamente Enrico Cingoletti, intanto chiamo il P.M. per far preparare l'avviso di garanzia"

Leo: (annuisce) "Va bene, Vice Questore. Mi metterò subito al lavoro e organizzerò l'incontro con Cingoletti. Quali specifiche dovrei cercare?"

Zanzi: (riflettendo) "Chiedigli di descrivere con precisione la sua presenza al ristorante durante la notte di Capodanno, i movimenti di Giuseppe Pertignetti e tutti gli altri dettagli che ritiene importanti. Cerca di capire se ha notato qualcosa di insolito o se ha interagito con qualcuno in modo particolare.

Non fare riferimento al passaggio a Borghetto Santo Spirito, su questo particolare lo sentiremo in un secondo tempo"

Leo: (prendendo appunti) "Capisco, sarà fatto. Mi metterò subito al lavoro e vi terrò aggiornati sugli sviluppi."

Zanzi: "Ottimo."

La Zanzi chiama la Polizia Scientifica per avere delle informazioni

Zanzi: (con voce decisa) "Dottor De Caprio, buonasera. Sono Zanzi. Ho bisogno del vostro aiuto su un particolare molto importante."

De Caprio: (risponde professionalmente) "Vice Questore, buonasera. Certo, come posso aiutarvi?"

Zanzi: "Abbiamo ottenuto dei fotogrammi da una serie di telecamere di sorveglianza, e ci servirebbe fare un riconoscimento facciale. Possiamo utilizzare le risorse della Polizia Scientifica per questa operazione?"

De Caprio: (pensieroso) "Sarà una sfida, ma possiamo certamente provarci. Dovreste fornirci i fotogrammi e ogni dettaglio aggiuntivo che potrebbe aiutare nel riconoscimento."

Zanzi: (conferma) "Perfetto. Invieremo i fotogrammi immediatamente insieme a delle fotografie rinvenute sui social e qualsiasi informazione rilevante. Abbiamo bisogno di identificare chi si trovava in quelle auto e capire se possono essere collegati al nostro caso."

De Caprio: (con impegno) "Quando riceveremo i materiali e ci metteremo al lavoro il prima possibile. Farò del mio meglio per fornirvi risultati tempestivi."

Zanzi: (ringraziando) "Grazie, Dottor De Caprio. L'intera squadra è impegnata in questo caso, e ogni informazione è cruciale. Attendo con ansia i vostri aggiornamenti."

De Caprio: (concludendo) "Faremo del nostro meglio, Vice Questore. A presto."

Zanzi: (termina la chiamata) " Grazie, buona serata"

La Zanzi, desiderando ottenere un punto di vista esperto, decide di consultare il criminologo Roberto De Vacci riguardo al caso di Giuseppe Pertignetti.

Zanzi: "Buona serata, Professor De Vacci. Sono la Vice Questore Gigliola Zanzi, responsabile del caso Pertignetti ad Albenga. Vorrei chiederle se è disponibile ad esaminare un caso e fornire il suo prezioso consulto."

De Vacci: "Buona sera a lei Vice Questore Zanzi. Sono onorato della sua chiamata. Sì, sono disponibile a esaminare il caso Pertignetti. Potrebbe fornirmi alcune informazioni preliminari?"

Zanzi: "Certamente, Professor De Vacci. Si tratta di un caso complesso di scomparsa seguita da un ritrovamento del corpo con evidenti segni di alterazione post-mortem. Mi chiedevo se potesse aiutarci a comprendere meglio il possibile movente dietro questo delitto e fornire ulteriori prospettive sulla dinamica dell'omicidio".

De Vacci: "Sarà un piacere per me contribuire. Potrebbe inviarmi i dettagli del caso e tutte le informazioni rilevanti? Inizierò a esaminare la documentazione e successivamente potremo organizzare un incontro per discutere approfonditamente."

Zanzi: "Grazie, Professor De Vacci. Apprezzo molto la sua disponibilità. Le invierò tutti i dettagli del caso al più presto. Conto molto sulla sua esperienza per gettare luce su questa intricata situazione."

La Zanzi invia al Professore De Vacci le seguenti domande:

- **Movente psicologico o emozionale:** Considerando la scomparsa di Giuseppe Pertignetti alle ore 00.01 in piena festa di Capodanno e il ritrovamento del corpo alle ore 07.00 del 02/01/2024, esistono elementi nel contesto che suggeriscono un possibile movente psicologico o emozionale dietro il delitto al Ristorante

"Pesci Vivi"?

- **Possibilità di un serial killer:** Alla luce degli eventi e delle circostanze, esiste la possibilità che il caso di Giuseppe Pertignetti sia collegato a un serial killer?
- Ci sono caratteristiche nel modus operandi che potrebbero indicare una serialità nei delitti?

- **Ipotesi di uno scambio di persona:** Potrebbe essere plausibile l'ipotesi di uno scambio di persona? Cioè, il bersaglio del delitto potrebbe essere stato confuso con un'altra persona?
- **Altre possibili soluzioni:** Considerando la complessità del caso, ci sono altre soluzioni o angoli da esplorare che potrebbero gettare luce sulla dinamica del delitto?

La Zanzi confida nella competenza del Professore De Vacci per offrire un'analisi approfondita e fornire chiarezza su questi punti cruciali del caso Pertignetti.

Dopo una giornata intensa di indagini, esce dal commissariato giunta la sera.

Decide di prendersi un momento di pausa e si dirige verso il Centro Commerciale poco distante. Una volta all'interno, gira tra i negozi di moda ed accessori, concedendosi un breve sguardo ai vari articoli esposti.

Dopo aver passeggiato tra i negozi, decide di fare un salto al supermercato presente nel centro commerciale. Mentre si trova all'interno, prende un carrello e inizia a raccogliere gli ingredienti per la cena. Acquista del pane fresco, affettati vari, verdura, frutta e una selezione di formaggi. La Zanzi, nonostante il carico di lavoro e l'atmosfera intricata del caso, trova un momento di normalità tra gli scaffali del supermercato.

Con il carrello pieno, si dirige verso la cassa, completa l'acquisto e si avvia verso casa.

La cena, semplice e confortante, è un momento di tranquillità.

GIORNO 06/01/2024

Festa del Epifania

Gigliola si sveglia nel giorno dell'Epifania con una sensazione di leggerezza nell'aria. Raggiante di energia, decide che questa giornata di festa sarà dedicata a sé stessa e ai suoi amici più cari. Mentre sole illumina la stanza, decide di rimanere ancora un poco a letto, sotto le coperte, assaporando il piacere di un risveglio senza la fretta quotidiana.

Una volta alzata, va in cucina e si prepara una colazione abbondante, con caffè, frutta ed yogurt. Mentre gusta il suo pasto, e nel frattempo decide di fare una telefonata a un'amica d'infanzia, Marina.

Zanzi: (con un sospiro) "Ciao Marina, finalmente un attimo di pausa. Il lavoro qui ad Albenga è davvero impegnativo."

Marina: (risponde) "Ciao Gigliola!"

Gigliola: "Come va? La tua famiglia? Come sta Luca, Giovanni e Federica?"

Marina: "Stiamo tutti abbastanza bene, considerando le circostanze. Luca è sempre impegnato con il lavoro, ma ce la caviamo".

Gigliola : "Sono contenta di sentire che state passando attraverso tutto questo nel miglior modo possibile. Come stanno crescendo Giovanni e Federica?"

Marina: "Oh, crescono velocemente. Giovanni è nella fase in cui chiede mille domande al giorno, e Federica sta iniziando a esplorare il mondo intorno a lei. Sono la mia gioia quotidiana."

Gigliola : "Dev'essere meraviglioso vederli crescere. Spero che tutto il resto a Norcia stia migliorando, dopo il terremoto."

Marina: "La ricostruzione è ancora in corso, ma lentamente ci stiamo riprendendo. Siamo resilienti, sai?"

Gigliola : "Assolutamente. Norcia ha una forza incredibile. E tu, come stai gestendo tutto?"

Marina: "Va avanti, un passo alla volta. Cerco di concentrarmi sulle cose positive. E tu, come va la nuova vita ad Albenga?"

Gigliola : "È una città affascinante, ricca di storia e mistero, diversa da Norcia, ma ha il suo fascino unico."

Il lavoro è impegnativo, ma sto cercando di farmi strada in questo nuovo contesto." Marina: "E Luciano, come sta?"

Gigliola: "Luciano è molto impegnato in questo periodo. Siamo un po' distanti a causa delle due guerre in corso in Ucraina e in Palestina. Le sue missioni lo tengono occupato, ma cerchiamo di farcela."

Marina: (curiosa) "Deve essere molto difficile mantenere un rapporto così complicato ma soprattutto lontano"

Gigliola : "Oramai siamo abituati ci tiene assieme l'amore"

Marina: "Ho letto sui giornali e ho sentito alla televisione che ti hanno affidato il giallo delle Grotte, raccontami un po'."

Gigliola: (con tono intrigato) "È un caso molto intricato. Un cliente di un ristorante scomparso, durante la Cena di Capodanno, dettagli strani. Sto cercando di capire cosa sia successo, in una città apparentemente tranquilla"

Marina: (apprezzando) "Ma torniamo a te. Quando possiamo vederci?"

Gigliola : (con calore) "Presto, spero. Ho bisogno di una pausa, di un momento sereno e (ridendo) di gustarmi un poco della nostra salsiccia norcina. Ti farò sapere."

Marina: (con affetto) "Non vedo l'ora. Abbi cura di te, Gigliola."

Gigliola : (con gratitudine) "Lo farò. A presto, Marina."

Marina: (chiude la telefonata) "A presto, cara."

Dopo una telefonata affettuosa con l'amica d'infanzia Marina, la detective decide di immergersi nella storia e nell'arte del Centro Storico di Albenga.

Inizialmente va a vedere la Cattedrale dedicata a San Michele Arcangelo. Di stile romanico, la sua costruzione risale al X secolo. Ammira gli affreschi che risalgono a diverse epoche e rimane in contemplazione.

Successivamente, si dirige verso il Battistero, poco distante che risale al periodo paleocristiano e, con ogni probabilità, fu costruito nel VI secolo.

Questo lo rende uno dei più antichi edifici di Albenga.

La struttura ha caratteristiche architettoniche tipiche del periodo paleocristiano e del primo periodo romanico.

La pianta è ottagonale, un elemento comune nei battisteri di quell'epoca. La detective è affascinata dalla bellezza delle decorazioni, dai simboli antichi che narrano le vicende del passato, e creano un'atmosfera unica.

Dopo aver visto una parte del patrimonio culturale della città di Albenga, decide di andare sul lungomare Cristoforo Colombo.

Cammina lungo la costa ed ammira la vista panoramica sino a raggiunge la foce del fiume Centa, dove la può ammirare in tutta la sua bellezza l'isola Gallinara.

Quest'isola, in mezzo al mare, spezza la vista dell'orizzonte e offre uno scenario incantevole.

Il suono delle onde, sono una musica di sottofondo e respirando l'aria salmastra ha una sensazione di libertà che solo il mare può regalare.

L'Isola Gallinara, con la sua presenza misteriosa, aggiunge un elemento di fascino e mistero alla passeggiata della Zanzi.

In questo modo, la Zanzi trascorre così una giornata rilassante, ricca di bellezza artistica e naturale, che le permette di staccare la mente dai casi complicati e immergersi nella serenità del momento presente.

GIORNO 07/01/2024

E' domenica e la Zanzi raggiunge Alassio in auto, percorrendo la strada costiera e godendo della vista del mare. Una volta arrivata nella pittoresca cittadina, parcheggia l'auto e inizia la sua esplorazione.

Un timido sole invernale riscalda la città, fa una piacevole passeggiata sulla spiaggia.

La spiaggia di Alassio attira moltissimi i visitatori grazie alla sua sabbia sottile e dorata che si estende per diversi chilometri lungo la costa. Scatta alcune foto dei paesaggi suggestivi e delle colorate barche da pesca che contribuiscono a rendere il panorama pittoresco e le invia a Luciano.

Giunta alla fine della spiaggia, ritorna verso il centro camminando lungo il Budello, una strada stretta e pedonale ricca di negozi, caffè e ristoranti.

Prosegue fino ad arrivare al centro storico di Alassio, caratterizzato da edifici colorati, botteghe artigianali e un'atmosfera vivace.

Si ferma in un ristorante tipico di Alassio per assaggiare qualche nuovo piatto della cucina ligure. Dopo essersi accomodata, esplora il ricco menù di specialità locali.

Ordina come antipasto delle acciughe marinate e come secondo piatto la cima alla genovese.

Questo piatto è una specialità tradizionale ligure.
Viene preparato mettendo in una sacca fatta con la pancia del vitello un ripeno e può essere cotta al forno o bollita.

Gli ingredienti classici del ripieno sono uova, animelle, carote, zucchine, fagiolini e formaggio.

Un piatto di carciofi crudi tagliati fini e conditi con olio extravergine d'oliva e aceto balsamico di Modena fanno da contorno, completa il pasto con un bicchiere di vino Rossese di Dolceacqua.

Finito di pranzare la Zanzi si dirige a vedere il Muretto di Alassio, uno dei luoghi più fotografati dai visitatori.

Il Muretto di Alassio, fino al 1953 era una rustica parete di pietre che corre lungo la strada Dante Alighieri ad argine dei giardini.

Questa parete però non essendo curata e restaurata, rovinava l'immagine del corso ed essendo di fronte al bar Roma, uno dei locali più chic di Alassio.

Mario Berrino, il padrone del bar e pioniere del turismo ad Alassio, decise di mettere qualche piastrella e visto che nessuno si lamentava a poco a poco questa vecchia e decrepita parete è stata decorata da circa 1.000 piastrelle firmate da personaggi noti di ogni settore, tra cui attori, scrittori, musicisti, politici e sportivi.

La prima piastrella fu quella di Ernest Hemingway, assiduo cliente del bar Roma.

Le firme sul Muretto rappresentano così una sorta di "Galleria della Fama" locale e internazionale ed evidenziano l'incontro di Alassio con il mondo delle celebrità.

Prima di andarsene, Gigliola, si fa un selfie con alle spalle la statua bronzea degli "Innamorati" seduti sopra il muretto e la invia a Luciano.

La giornata si conclude con la Zanzi che ritorna a casa, sentendosi rigenerata e grata per la pausa trascorsa nella pittoresca cittadina della costa Ligure.

GIORNO 08/01/2024

Appena arrivata in Commissariato, alla Zanzi squilla il telefono e, rispondendo, sente la voce del Dottor De Caprio della polizia scientifica.

Dottor De Caprio: "Buongiorno Vice Questore. Abbiamo fatto un confronto dei fotogrammi ottenuti dalla polizia locale di Borghetto Santo Spirito e da altre fonti di sorveglianza, abbiamo una novità."

Zanzi: "Dottor De Caprio, dica pure."

De Caprio: "Abbiamo identificato chi si trovava al volante dell'auto al momento delle riprese provenienti dalla polizia locale.
Si tratta di Enrico Cingoletti, il cameriere che ha testimoniato di aver visto l'ultima volta Giuseppe Pertignetti quella notte."

Zanzi: "Interessante. E per l'altra persona?"

Dottor De Caprio: "Purtroppo, Vice Questore, l'auto coinvolta è un pick-up, e il vetro dietro la testa ha creato un effetto specchio. Non si riesce a riconoscere chi si trova a bordo. Avremmo bisogno di altri fotogrammi o informazioni per procedere."

Zanzi: "Capisco, cercherò altre fonti, a presto, grazie."

La Zanzi, dopo aver chiuso la chiamata, riflette sulla nuova informazione.

La figura di Enrico Cingoletti al volante solleva ulteriori domande e l'identità della seconda persona rimane un enigma da risolvere. Enrico Cingoletti arriva al Commissariato convocato da Leo.

La Zanzi lo aspetta nella sala interrogatori.

Con volto serio e determinato, decide di consegnare personalmente l'avviso di garanzia a Enrico Cingoletti.

Enrico, ignaro di quanto sta per accadere, è stato convocato per un presunto chiarimento in merito agli sviluppi dell'indagine.

Enrico entra nella stanza con un'espressione rilassata, ma la sua tranquillità svanisce quando si trova di fronte alla Zanzi che gli porge l'avviso di garanzia.

Il foglio, rappresenta un momento di svolta nella vita di Cingoletti.

Il suo sguardo si muove velocemente dal viso della Zanzi al documento che ha tra le mani.

Inizia a leggere attentamente le righe, e man mano che si rende conto di cosa sta succedendo, il suo volto esprime emozioni contrastanti tra lo stupore e l'incredulità.

La mossa da parte della polizia è arrivata inaspettata.

La sua mente cerca di capire le possibili conseguenze di questa situazione.

Poi, la paura. Un leggero tremore nelle mani e il respiro diventa più rapido.

L'idea di essere coinvolto in un procedimento penale lo spaventa, e questo si vede chiaramente sul suo volto.

La tensione nei muscoli del volto e uno sguardo che cerca risposte sono la conferma della sua paura.

La Zanzi, nel consegnare l'avviso, osserva attentamente le reazione di Enrico, mantiene un tono neutro e distaccato, ma al contempo controlla l'emozioni del Cingoletti.

La Zanzi, lo guarda negli occhi mentre gli spiega il significato dell'avviso di garanzia.

Usa parole misurate per trasmettergli un senso di impegno della giustizia.

"Signor Cingoletti, è importante che lei capisca che ricevere un avviso di garanzia non implica automaticamente che lei sia colpevole di qualcosa.

Questo è solo l'inizio di un procedimento legale, una fase iniziale che ci consente di informarla in modo traspaente su quanto sta accadendo e di permetterla di prearare la sua difesa."

La Zanzi prosegue, cercando di dissipare qualsiasi equivoco che potrebbe sorgere nella mente di Cingoletti.

"Questo è il nostro dovere, garantirle che sia pienamente informato e abbia la possibilità di rispondere alle accuse nel modo adeguato. La sua cooperazione è essenziale per giungere a una conclusione giusta e equa."

La Zanzi, dopo aver spiegato il significato dell'avviso di garanzia, decide di fornire a Enrico Cingoletti un breve riassunto delle prossime fasi del procedimento legale e dei diritti di cui gode come persona coinvolta.

Con voce calma "Comprendo che questo sia un momento difficile, però sono qui a rispondere a tutte le sue domande e a darle tutte le informazioni necessarie.

La Zanzi procede a delineare brevemente le tappe successive, cercando di semplificare concetti legali complessi per rendere la situazione più accessibile.

"E' molto importante che lei sappia, ma poi anche il suo avvocato glielo dirà che ha il diritto di non rispondere a domande che potrebbero auto-incriminarla."

La Zanzi cerca così di portarlo a conoscenza dei suoi diritti, e creare un ambiente di cooperazione informativa.

Leo inizia l'interrogatorio.

Leo: "Signor Cingoletti, grazie di essere venuto. Abbiamo bisogno di fare qualche domanda per capire meglio quanto è successo quella notte.

Si segga, per favore." Cingoletti si siede, nervoso, ma collaborativo.

Leo: "Ok, allora, può raccontarci ancora una volta l'ultima volta che hai visto Giuseppe Pertignetti quella notte?"

Cingoletti: "Certamente. Dopo la mezzanotte, poco prima che i fuochi d'artificio iniziassero, l'ho visto dirigere verso l'area dove vi è l'accesso a: bagni, cucina e magazzino. Era da solo."

Leo: "Ha notato qualcosa di insolito durante quella serata? Magari altri camerieri che potrebbero aver visto qualcosa di simile?"

Cingoletti: "No, non che io sappia. Eravamo tutti abbastanza impegnati con la festa di Capodanno. Non credo che qualcun'altro abbia visto quello che ho visto io."

Leo: "Va bene. Ora, c'è qualcosa di particolare che ricorda o che potrebbe esserle sfuggito?"

Cingoletti sembra riflettere per un momento prima di rispondere: "Beh, sì. Ricordo che verso le venti, mentre ero al banco, sono arrivati due ragazzi con una busta. L'hanno data direttamente a Improta, che era in cucina. Era solo un'altra di quelle lettere strane che riceve ogni tanto."

Leo: "Lettere strane? Puoi dirci di più su queste lettere?"

Cingoletti: "Sì, devono essere un po' inquietanti. Non so cosa ci sia scritto, ma Improta, si altera e le tiene sempre per sé e non ne parla con nessuno."

La Zanzi, con uno sguardo scrutatore, pone a Enrico una domanda diretta riguardo al suo spostamento verso Toirano alle 02.50 del 01/01/2024.

Zanzi: "Signor Cingoletti, abbiamo notato dalle registrazioni che alle 02.50 del 01/01/2024, si dirigeva verso Toirano. Ci può spiegare il motivo di questo spostamento a quell'ora così tarda?"

Enrico sembra leggermente imbarazzato, ma risponde con sicurezza.

Enrico: "Oh, quella mattina ero diretto da mia fidanzata, Loretta Redini, vive a Carpe, sopra Toirano. Avevamo deciso di trascorrere insieme la notte di Capodanno."

Zanzi: "Capisco. Posso chiederle che lavoro fa la tua fidanzata?"

Enrico esita per un momento prima di rispondere in modo generico.

Enrico: "È un'artista. Lavora con la ceramica, fa oggetti d'arte."

Zanzi: "Interessante. E hai trascorso la notte con lei?"

Enrico: "Sì, quel che restava della notte era quasi l'alba."

Leo: "Grazie, Enrico. Se le viene in mente altro, anche il più piccolo dettaglio, lo comunchi."

Cingoletti: "Certamente. Spero che risolviate tutto questo presto."

La Zanzi, ascoltando attentamente, prende nota di ogni dettaglio, poi si rivolge a Leo con chiare istruzioni.

Zanzi: "Leo, abbiamo bisogno di un'ulteriore prospettiva. Cerca di ottenere registrazioni presso le banche, ma soprattutto voglio che ti concentri sulla Pubblica Assistenza di Borghetto Santo Spirito. Sappiamo che hanno un parcheggio per le ambulanze dietro l'edificio, sulla strada che si dirige a Toirano."

Leo ascolta attentamente, pronto ad eseguire gli ordini.

Zanzi: "Voglio che tu verifichi se ci sono telecamere che coprono quell'area, con un'angolazione posteriore. Cerchiamo di ottenere una visione diversa, non frontale ma posteriore, che potrebbe rivelare particolari importanti, come gli specchietti retrovisori delle auto. Sii attento ai dettagli, potrebbero fare la differenza."

Leo annuisce, prendendo nota delle istruzioni.

Leo: "Capisco. Cercherò di recuperare tutte le registrazioni disponibili da quelle telecamere e valuteremo se possono aggiungere nuovi dettagli alle nostre indagini."

La Zanzi riceve un e-mail dal Professore De Vacci,

Cara Vice Questore Zanzi, ho analizzato con attenzione le vostre domande e cerco di offrirvi delle considerazioni in base alle informazioni fornite.

- **Movente psicologico o emozionale:** La scomparsa di Giuseppe Pertignetti durante la festa di Capodanno potrebbe essere collegata a dinamiche relazionali o emotive. Eventuali screzi o tensioni nei rapporti personali o professionali potrebbero aver contribuito al suo allontanamento.

- **Possibilità di un serial killer:** La possibilità di un serial killer potrebbe essere meno probabile in questo contesto, a meno che non emergano dettagli che suggeriscano una connessione a precedenti omicidi irrisolti o un modus operandi comune.

- **Ipotesi di uno scambio di persona:** Lo scenario dello scambio di persona potrebbe essere plausibile se esistono elementi che suggeriscono confusione sulla reale identità della vittima. Potrebbe essere necessario esaminare attentamente chi conosceva Pertignetti e quali altre persone potevano essere coinvolte.

- **Altre possibili soluzioni:** La complessità del caso suggerisce la necessità di esplorare ulteriori aspetti. Potrebbe essere utile analizzare attentamente le relazioni personali e professionali di Pertignetti, inclusi legami finanziari e interazioni con colleghi e familiari.

Resto a disposizione per ulteriori approfondimenti e discussioni.

Spero che queste riflessioni possano gettare luce sulle diverse angolazioni del caso.

Cordiali saluti, Prof. Roberto De Vacci

La Zanzi risponde all'e-mail del Professore ringraziandolo.

Dopo aver ottenuto informazioni dall'interrogatorio con Enrico Cingoletti, il Vice Questore decide di aggiornare il Pubblico Ministero Devino sulle ultime novità del caso.

Zanzi: "Buongiorno, Pubblico Ministero Devino. Sono Gigliola Zanzi. Ho delle novità che credo siano rilevanti per il caso Pertignetti e volevo aggiornarla."

Devino: "Buongiorno, Vice Questore. Sono tutto orecchi. Che cosa è successo?"

Zanzi: "Abbiamo ottenuto informazioni interessanti dall'interrogatorio con Enrico Cingoletti, uno dei camerieri del ristorante.

Alle 02.50 del 01/01/2024, è stato rilevato che si stava dirigendo verso Toirano. Ha affermato che si recava dalla sua fidanzata che vive a Carpe, sopra Toirano."

Devino: "Interessante. Cosa ne pensa?"

Zanzi: "Le sue affermazioni sembrano plausibili, ma dato il contesto del caso, dobbiamo essere prudenti. Inoltre, abbiamo identificato un pick-up con alla guida una persona che potrebbe somigliare a Chef Improta, ma al momento non abbiamo prove concrete, inoltre Improta ha un altra auto, una berlina bianca"

Devino: "Capisco. Cosa intende fare?"

Zanzi: "Vorrei un mandato di perquisizione per la casa della fidanzata di Cingoletti a Carpe. La perquisizione potrebbe fornirci ulteriori dettagli o prove legate all'omicidio. Penso che sia necessario farla."

Devino: "Ok, Vice Questore, le invio il mandato. E mi tenga aggiornato"

Zanzi: "Certamente. Sarà fatto."

Conclude la chiamata con il Pubblico Ministero, intravedendo una svolta importante per l'indagine.

Ricevuto il mandato di perquisizione dal P.M. organizza una squadra di agenti e si dirige con Mario ed Anna a Carpe per eseguire la perquisizione nella casa di Loretta Redini, la fidanzata di Enrico Cingoletti.

La Zanzi e la sua squadra arrivano alla casa di Loretta Redini per eseguire la perquisizione.

Dopo aver suonato il campanello gli agenti sentono dei passi che si avvicinano alla porta.

Loretta Redini apre la porta e rimane stupita alla vista degli agenti di Polizia

La Zanzi, le spiega il motivo della loro presenza.

Zanzi: "Buongiorno, sìgnora Redini. Sono la Commissario Zanzi e questi sono i miei colleghi. Abbiamo bisogno di eseguire una perquisizione nella sua casa per un'indagine in corso."

Loretta Redini guarda la Zanzi con occhi spalancati increduli.

Loretta: (balbettando) "Ma... ma cosa sta succedendo? Perché questo?"

Zanzi: (mantenendo la calma) "Signora Redini, siamo alla ricerca di prove legate a un caso in cui il suo fidanzato, Enrico Cingoletti, è coinvolto. La prego di collaborare e di facilitare il nostro lavoro."

Loretta esprime la sua preoccupazione e la Zanzi cerca di tranquillizzarla, spiegando il procedimento e garantendo che i suoi diritti saranno rispettati.

Zanzi: "Comprendo che sia una situazione difficile, ma è importante per l'indagine. Faremo in modo che tutto si svolga nel rispetto delle leggi. La prego di permetterci di procedere."

Loretta Redini, visibilmente scossa, acconsente nervosamente e permette alla squadra di entrare per eseguire la perquisizione. La Zanzi continua a comunicare con Loretta, cercando di gestire la situazione nel modo più sensibile possibile data la delicatezza della situazione.

Durante la ricerca, trovano nell'armadio del Cingoletti i vestiti che ha indossato la sera di Capodanno. Li mettono in evidenza per un'ulteriore analisi. Nel materiale di lavoro di Loretta, tra gli strumenti per la lavorazione dell'argilla, individuano un filo d'acciaio a due mani, strumento che può essere utilizzato per tagliare formaggi o, in questo caso, argilla.

Zanzi (rivolgendosi ad Anna): "Anna, prendi nota di tutto. Dobbiamo analizzare accuratamente questi vestiti e questo filo d'acciaio. Potrebbero essere collegati all'omicidio."

Mentre continuano la perquisizione, gli agenti scoprono che nel manico di legno del filo d'argilla c'è una macchia rossa, secca che potrebbe essere sangue.

Zanzi (osservando la scoperta): "Questa macchia rossa è interessante. Raccogliamola come prova e mandiamola in laboratorio per l'analisi e se fosse sangue per il riscontro del DNA."

Con gli oggetti sospetti raccolti, la squadra conclude la perquisizione e si prepara a portare gli elementi in commissariato per ulteriori indagini e analisi.

Leo, rientra in Commissariato dopo essere stato a Borghetto S.S.

Leo (entrando nell'ufficio della Zanzi): "Capo, ecco i nuovi fotogrammi dalla Pubblica Assistenza."

Zanzi (con interesse): "Perfetto, Leo. Vediamo cosa ci offrono."

Leo consegna i fotogrammi alla Zanzi, che inizia immediatamente ad esaminarli attentamente. I fotogrammi mostrano il viso dell'uomo che guida il pick-up, catturato dagli specchietti retrovisori durante il passaggio davanti alla Pubblica Assistenza di Borghetto Santo Spirito.

Zanzi (analizzando i fotogrammi): "Leo, questa potrebbe essere la svolta che stavamo cercando. Vediamo se possiamo ottenere una chiara identificazione da queste immagini, mandiamoli alla Scientifica per il riconoscimento facciale."

La Vice Questore Gigliola Zanzi, desiderando ottenere un'identificazione chiara del conducente del pick-up, trasmette i nuovi fotogrammi del viso, ottenuti dagli specchietti retrovisori, al Dottor De Caprio della Polizia Scientifica.

Nella sua comunicazione, la Zanzi esprime la richiesta di effettuare un riconoscimento facciale utilizzando le nuove immagini al fine di avanzare ulteriormente nelle indagini.

La Vice Questore Zanzi, seduta di fronte alla scrivania, chiama Leo nel suo ufficio, desiderando discutere un aspetto cruciale delle indagini. Leo entra, mostrando un'espressione di attesa mista a un pizzico di curiosità.

Zanzi: "Leo, ho bisogno che tu porti lo Chef Improta in commissariato domani per fargli delle domande, senza mandato di garanzia, solo un chiacchierata."

Leo: "Va bene, Vice Questore. Cosa vorrebbe sapere in particolare?"

Zanzi: "Mi interessa conoscere il contenuto esatto delle lettere che lo Chef ha ricevuto al ristorante. Vorrei sapere se ci sono dettagli particolari, minacce o qualcosa che potrebbe collegare questi messaggi agli eventi che abbiamo in corso."

Leo: "Va bene, Vice Questore, sarà fatto"

La Vice Questore Zanzi, a fine giornata si prepara a lasciare l'edificio. Attraversa il corridoio principale, saluta il personale e si avvia verso l'uscita principale. Il commissariato è calmo, con solo il leggero brusio di qualche conversazione degli agenti in servizio.

Esce dalla Questura, sentendo l'aria fresca della serata. Si dirige verso il parcheggio dove ha lasciato la sua auto. Una volta a bordo, si mette in viaggio attraverso le vie di Albenga. Arriva in Piazza del Popolo, dove le luminarie natalizie creano un'atmosfera suggestiva. La Zanzi decide di parcheggiare l'auto e continuare a piedi.

Si incammina lungo Viale dei Martiri, una strada alberata illuminata ancora dalle luci natalizie Quando raggiunge la Stazione, gira in Viale dei Mille e decide di fermarsi in un ristorantino per mangiare qualcosa.

Sceglie una pizzeria e si siede in un angolo tranquillo, prendendosi un momento di relax ed ordina una pizza margherita.

Quando la pizza arriva, afferra una fetta e, osserva che l'impasto è leggero e fragrante. Assaggiando il primo pezzo gusta il connubio tra il pomodoro fresco, la mozzarella filante e le foglie di basilico.

Il formaggio si fonde in bocca con la dolcezza del pomodoro e il profumo del basilico.

Nonostante il suo ruolo di investigatrice seria, in questo momento si concede il lusso di godere di un piacere culinario senza pensieri, assaporando ogni morso con autentico gusto e soddisfazione.

Dopo aver terminato la cena, paga il conto e si dirige nuovamente verso l'auto.

Rientra a casa, guidando attraverso le vie notturne di Albenga. Una volta giunta a destinazione, parcheggia l'auto ed entra in casa. La serata si conclude con la tranquillità della sua abitazione, pronta ad affrontare una nuova giornata di indagini il giorno successivo.

GIORNO 09/01/2024

La mattina della Vice Questore Zanzi inizia presto, alle 06:30, quando la sveglia suona puntualmente. Appena apre gli occhi, il primo pensiero va a Luciano, il suo compagno. Le invia un messaggio di buongiorno, augurandogli una giornata positiva. Luciano risponde con una foto in divisa da pilota, regalando un sorriso alla Zanzi.

Con il buon umore contagioso di Luciano, la Zanzi si alza dal letto.

Mentre prepara il caffè, fa la doccia e si lava i denti, seguendo la sua routine mattutina con precisione. Accende la radio per ascoltare le notizie del giorno, rimanendo sempre aggiornata sugli avvenimenti.

La colazione è un momento importante per iniziare bene la giornata.

Una colazione sana, composta da frutta, yogurt e fette biscottate. Dopo essersi assicurata di aver curato ogni dettaglio della sua routine, esce di casa.

Sale in auto e si dirige verso il Commissariato. Il tragitto è tranquillo, con la città che inizia a svegliarsi con gli operai che stanno togliendo le luminarie natalizie.

Una volta in Commissariato quando la squadra è al completo la Zanzi, con la sua solita determinazione e chiarezza, impartisce le istruzioni alla sua squadra con un tono che denota la serietà del lavoro da svolgere.

Si rivolge a Leo con chiarezza: "Leo, appena arriva Improta, portalo in sala interrogazioni."

"Mario, fai una ricerca per capire chi è il proprietario del pick-up che è nei fotogrammi di Borghetto Santo Spirito è fondamentale per identificare il conducente del veicolo coinvolto".

"Marco, chiedi se le macchie sui manici del filo di creta erano di sangue, e se sì, verifica se hanno un riscontro del tipo di sangue e del DNA."

La Zanzi, esprimendo la sua frustrazione, esclama improvvisamente

"Belin!!, questa inchiesta mi sta logorando"

Anna, con la sua risata spontanea, commenta con affetto: "Vedo che ti sei integrata bene, sei diventata ligure."

Anna si scusa subito dopo, temendo di essere stata troppo confidenziale, ma la Zanzi, lontana da formalità e gerarchie, ride e dice alla squadra: "Da oggi in poi ci diamo del tu."

Questo gesto di apertura e vicinanza contribuisce a consolidare il senso di team e coesione.

La Zanzi, infine, torna alle istruzioni per Anna con un sorriso: "Anna, tu mi aiuterai assieme a Leo nell'interrogatorio di Improta."

Questo conferma l'importanza della collaborazione tra i membri del team durante l'interrogatorio di uno dei due sospettati chiave.

La Zanzi, insieme ad Anna e Leo, inizia l'interrogatorio di Improta nella sala apposita. Le domande sono puntuali e mirano a ottenere informazioni cruciali per l'indagine.

Improta:"Dottoressa, posso chiederle una cosa? Sono sospettato di qualcosa?"

La sua voce è lievemente tremante, e il tono rivela una crescente preoccupazione. Improta sembra cercare nella Zanzi qualche rassicurazione.

La sua domanda riflette una certa inquietudine e incertezza riguardo al suo coinvolgimento nella vicenda.

La Zanzi, con un'espressione impassibile, guarda Improta dritto negli occhi e risponde con calma: "Al momento, Chef , non c'è nulla di cui sospettare. Siamo qui per fare chiarezza su alcuni dettagli e ottenere informazioni. Se collabora pienamente, potremo concludere questa fase dell'indagine senza problemi."

Dopo una breve pausa, la Zanzi aggiunge con un sorriso leggero: "Ma lei sa, che, in queste situazioni, è importante essere completamente trasparenti. Anche il più piccolo dettaglio può fare la differenza. Quindi, se c'è qualcosa che non ci ha ancora detto o che pensa possa essere rilevante, ora è il momento di condividere."

Ha visto qualcosa di strano durante la cena? Questa domanda cerca di individuare eventuali situazioni insolite o comportamenti anomali avvenuti durante la cena, che potrebbero essere collegati al delitto

Improta, con un'espressione apparentemente tranquilla, risponde alla domanda della Zanzi:

"Durante la cena, niente di particolarmente strano. Era una serata di Capodanno, il locale era affollato, ma tutto sembrava procedere normalmente. Non ho notato comportamenti insoliti tra i clienti o tra il personale. Tutti erano lì per festeggiare."

Tuttavia, mentre fornisce questa risposta, la Zanzi nota una leggera contraddizione nel suo linguaggio del corpo. Improta sembra nervoso, i suoi occhi evitano lo sguardo diretto, e la sua voce potrebbe tradire una certa tensione.

Ha avuto discussioni con i clienti? L'obiettivo qui è capire se Improta ha avuto eventuali conflitti o discussioni durante il servizio, che potrebbero essere rilevanti per il caso.

Improta, cercando di mantenere un tono rilassato, risponde alla domanda della Zanzi:

"Guardi, lavorando e lei lo sa benissimo, ci possono essere può diverbi o lamentele, specialmente in serate movimentate come quella di Capodanno. Ma nulla di particolarmente rilevante. Ho gestito la situazione come facciamo sempre nel settore della ristorazione. Non ricordo nulla di fuori dall'ordinario o che potrebbe essere collegato a quello che è successo dopo."

La Zanzi, attenta ai dettagli e alle sfumature delle risposte, nota che Improta sembra essere sulle difensive. Potrebbe essere la paura di rivelare qualcosa di compromettente o semplicemente la tensione legata all'interrogatorio.

In che rapporti era con la vittima? Questa domanda cerca di stabilire la natura della relazione tra Improta e la vittima, Pertignetti, al fine di comprendere meglio il contesto. Improta, cercando di mantenere la compostezza, risponde alla domanda della Zanzi:

"Con Giuseppe avevo un rapporto professionale. Lui era il cliente, io lo chef. Abbiamo parlato di cibo, di vini, di tutto quello che riguarda il ristorante. Dopo che ha venduto il ristorante era un cliente abituale, ma nulla di più. Non abbiamo mai avuto discussioni o disaccordi particolari."

La Zanzi, valutando la risposta, nota che Improta cerca di minimizzare la natura del rapporto con la vittima. La sua attenzione si focalizza sulla possibilità che ci siano elementi non dichiarati o nascosti nella relazione tra Improta e Pertignetti. Decide di procedere con le domande per ottenere ulteriori dettagli.

La Zanzi affronta Improta con determinazione, volendo ottenere chiarimenti sulla sua relazione lavorativa con il defunto Pertignetti. Il dialogo è serrato e mira a scoprire dettagli rilevanti per l'indagine.

Zanzi: "Improta, c'è una cosa che mi sfugge. Perché non hai menzionato il fatto che hai lavorato per il Pertignetti per ben dieci anni?"

Improta sembra sorpreso dalla domanda, ma la Zanzi osserva attentamente le sue reazioni.

Improta: (tentando di mantenere la calma) "Non ho pensato

fosse rilevante. Stavo solo cercando di aiutare con quello che sapevo sulla serata."

Zanzi: "Dieci anni di lavoro in un ristorante, e non li considera rilevante?

Mi sembra un aspetto piuttosto significativo della sua vita professionale. Ha avuto qualche divergenza con il Pertignetti?"

Improta: "No, nulla del genere. Eravamo solo colleghi. Non vedo perché dovrebbe importare."

Zanzi: (osservando attentamente) "Le relazioni professionali possono svelare molte cose, Improta. Qual è il motivo di questa sua forte connessione con il Pertignetti?"

Improta cerca di rispondere in modo coerente, ma la Zanzi è determinata a scavare più a fondo.

Zanzi: (con un tono più incisivo) "Non sta nascondendo nulla, vero? Questi dieci anni di lavoro potrebbero avere un impatto sulla sua relazione con il Pertignetti. È meglio che me lo dica ora piuttosto che io lo scopra successivamente."

Improta, con espressione nervosa, cerca di trovare le parole giuste mentre la Zanzi continua a pressarlo per ottenere una risposta chiara e completa.

Improta: "Dottoressa, posso capire che i miei dieci anni di lavoro presso il ristorante possano sembrare un dettaglio significativo, ma posso assicurarle che non c'era assolutamente nulla di negativo tra me e il Pertignetti. Eravamo in ottima armonia, e il nostro rapporto era puramente professionale. Non c'è motivo di sospetto o di cercare collegamenti che non esistono."

Zanzi: (osservando attentamente) "Capisco, è importante che tutto sia chiaro fin dall'inizio. Ci sono aspetti dell'indagine che dobbiamo esplorare, e la sua collaborazione è fondamentale."

Improta cerca di mantenere la calma e di trasmettere un senso di sincerità nella sua risposta, ma la Zanzi continua a esaminare attentamente ogni sua parola alla ricerca di eventuali incongruenze.

Leo: "Improta, dobbiamo parlare di qualcosa di importante. Siamo a conoscenza del fatto che riceve spesso delle lettere in una busta commerciale al ristorante. Alcuni dei camerieri hanno notato che quando le apre, si altera e poi le nasconde. Possiamo chiederle cosa c'è scritto in quelle lettere?

Improta: (visibilmente sorpreso) "Oh, ehm, non è niente di cui preoccuparsi. Sono solo questioni personali, nulla di rilevante per l'indagine."

Leo: "Capisco che siano personali, ma in un contesto come questo, ogni dettaglio potrebbe avere importanza. Dobbiamo essere trasparenti tra di noi per capire appieno la situazione. Puoi condividere il contenuto di quelle lettere?"

Improta: (riluttante) "Non credo sia rilevante per l'indagine. Sono questioni private che non hanno nulla a che fare con il caso in corso."

Leo: "Capisco la sua privacy, ma stiamo cercando di fare luce su un omicidio, e ogni informazione potrebbe essere cruciale. Spero che lei possa capire la necessità di condividere queste informazioni con noi.
Capisco che questo argomento possa essere delicato, ma è importante che lei condivida il contenuto di quelle lettere con noi. Può esserci qualcosa di rilevante per l'indagine."

Improta: (visibilmente a disagio) "Beh, sono sempre le stesse da circa 6/7 mesi. Sono scritte in modo anonimo, con ritagli di giornale. Dicono cose del tipo "I tuoi piatti fanno schifo, sei un chef da 0 stelle, ho mangiato il tuo pesce e poi ho vomitato," e così via."

Leo: (pensieroso) "È sempre lo stesso contenuto? Non c'è mai stata una variazione?"

Improta: "No, sempre fatte con ritagli di giornale, stessa busta. Ho pensato che fosse solo uno scherzo di cattivo gusto all'inizio, ma ormai è diventato fastidioso."

Leo: "Ha qualche idea su chi potrebbe essere l'autore di queste lettere?"

Improta: (sospirando) "Onestamente no. Potrebbe essere un mitomane, qualcuno che vuole danneggiare la mia reputazione o, chissà, un concorrente. È frustrante non sapere chi sia e perché lo faccia."

Leo: " Può farci avere queste lettere?

Improta : "Solo alcune perché prima le tenevo, ma adesso appena arrivano le straccio e le getto nella spazzatura"

Anna chiede: Ha chiuso lei il ristorante?

Questa domanda mira a confermare se Improta è stato l'ultimo a lasciare il ristorante e se ha effettivamente chiuso dopo la partenza degli altri dipendenti.

"Sì, sono stato l'ultimo a lasciare. Dopo il controllo finale, ho chiuso il ristorante e ho assicurato che tutto fosse in ordine. Ho poi spento le luci e sono uscito."

La Zanzi prende nota della risposta e fa mentalmente un raffronto con le informazioni raccolte finora. Deciderà di verificare questa informazione con altri testimoni e possibili prove.

A che ora ha lasciato il ristorante?

Chiedendo l'orario della sua partenza, la Zanzi cerca di stabilire il momento in cui Improta ha lasciato il luogo del possibile delitto.

"Ho lasciato il ristorante verso le 03.30".

Zanzi: Chef, perché ha chiuso lei il ristorante? Alessandro Giovinetti, che aveva portato a casa la moglie di Pertignetti, Elisa, non è più tornato?

Improta: No, non è tornato. Solo Fausto, il cameriere, è ritornato. Quindi ho dovuto chiudere.

Dove è andato dopo aver chiuso il ristorante? L'obiettivo è tracciare il percorso di Improta dopo la chiusura del locale, cercando di stabilire la sua posizione nei momenti successivi.

"Dopo aver chiuso il ristorante, sono andato direttamente a casa. Ero stravolto"

La Zanzi registra la risposta e continua ad indagare, valutando la coerenza delle informazioni con altre testimonianze e prove eventuali.

Anna: "Chef, c'è qualcuno che può confermare che è arrivato a casa alle 04:00?

Improta: Beh, mia moglie sicuramente può confermarlo. E se vuole, potete anche chiedere al cane, anche se dubito che la sua testimonianza possa essere presa come prova in tribunale!" (ridendo)

La Zanzi si alza, indicando la fine dell'interrogatorio, ma il tono delle sue parole e il suo sguardo fisso indicano che sta osservando attentamente la reazione di Improta.

La sua strategia è quella di creare un'atmosfera di apparente tranquillità, ma con una sottile pressione psicologica, lasciando a Improta la sensazione che ogni suo gesto e ogni sua parola potrebbero essere scrutinati attentamente.

Terminato l'interrogatorio con Improta, la Zanzi si ritira nella sua stanza per analizzare a livello psicologico le risposte dello chef. La sua mente si immerge nei dettagli delle dichiarazioni, cercando di cogliere sfumature, incertezze e eventuali contraddizioni che potrebbero emergere durante il confronto tra le risposte e le informazioni raccolte precedentemente.

La Zanzi riflette sul linguaggio del corpo di Improta durante l'interrogatorio. Ha notato sguardi evasivi, movimenti nervosi delle mani o cambiamenti nel tono della voce che potrebbero suggerire disagio o tentativi di nascondere qualcosa. La sua esperienza le consente di distinguere tra le risposte spontanee e quelle più studiate, mettendo in evidenza eventuali lacune nella coerenza narrativa di Improta.

I dubbi della Zanzi si concentrano sulla possibilità che Improta stia nascondendo informazioni cruciali o che le sue risposte possano essere parte di un elaborato schema per distogliere l'attenzione dall'omicidio.

Sospetta che lo chef possa essere coinvolto più di quanto le sue parole lascino intendere, ma allo stesso tempo si rende conto che le sue intuizioni devono essere supportate da prove concrete.

Quindi si pone domande: perché Improta sembra così nervoso?

Cosa sta cercando di nascondere?

Le risposte date corrispondono alle prove raccolte sulla scena del crimine?

L'analisi delle risposte di Improta è solo un tassello nella complessa indagine, ma la Zanzi è determinata a scrutare ogni dettaglio per arrivare alla verità.

La psicologia dell'indagine diventa parte integrante del processo investigativo con pazienza e astuzia, cercherà di svelare i segreti nascosti dietro le risposte di Improta, sa che ogni dettaglio può essere cruciale per risolvere il mistero di Giuseppe Pertignetti.

Mario, ha condotto approfondite ricerche per risalire al proprietario del pick-up che compare nei fotogrammi di Borghetto Santo Spirito. Attraverso incroci di dati e consultazioni di registri, è riuscito a identificare un certo Fabrizio De Giovanni, un agricoltore residente in Via Cellini, una via poco distante sia dal domicilio di Improta che da quello del proprietario Alessandro Giovinetti

La squadra investigativa si concentra sull'individuazione di Fabrizio De Giovanni, esplorando ulteriori dettagli sulla sua vita e il suo contesto. Si verificano le relazioni sociali, le abitudini quotidiane e qualsiasi possibile collegamento con il caso Pertignetti.

L'obiettivo ora è stabilire un contatto con Fabrizio De Giovanni per approfondire la sua connessione con l'indagine.

Dopo ricerche, la squadra investigativa scopre che Fabrizio De Giovanni, il proprietario del pick-up coinvolto nell'indagine, risulta attualmente irreperibile.

Le informazioni raccolte rivelano che è in Brasile in vacanza dal 20 dicembre 2023 con la sua famiglia e non ritornerà in Italia sino al 15 gennaio 2024.

Durante le ricerche sulla famiglia De Giovanni, la squadra investigativa scopre un dettaglio intrigante: la moglie dell'agricoltore Fabrizio De Giovanni è la nipote del noto Chef Improta.

Questa scoperta aggiunge una nuova dimensione alle connessioni tra i potenziali coinvolti nel caso Pertignetti.

La relazione familiare tra la moglie di Fabrizio De Giovanni e lo Chef Improta apre la porta a diverse ipotesi e interrogativi.

La Zanzi e la sua squadra sono ora chiamate a esaminare più attentamente questa connessione, valutando se possa avere un ruolo significativo nell'indagine sull'omicidio.

Nel pomeriggio la Zanzi riceve dalla Polizia Scientifica una telefonata che aumenta la tensione e l'importanza dell'indagine. Il tono del Dottor De Caprio è calmo, ma significativo, e la Zanzi ascolta attentamente le informazioni cruciali che vengono fornite.

Dottor De Caprio: "Dottoressa Zanzi, abbiamo completato gli esami sulle macchie di sangue trovate sul manico del filo di acciaio di proprietà della signora Loretta Redini. I risultati sono appena arrivati."

Zanzi: "Va bene, Dottor De Caprio, cosa avete scoperto?"

Dottor De Caprio: "Il gruppo sanguigno delle macchie non corrisponde a quello della vittima, Giuseppe Pertignetti. Inoltre, l'esame del DNA è risultato negativo per una corrispondenza con il suo profilo genetico."

Zanzi: "Quindi, non c'è connessione tra le macchie di sangue e la vittima. Questo elimina la Redini da una possibile implicazione nell'omicidio."

De Caprio: "Esattamente, Dottoressa. Al momento, non abbiamo prove che collegano la signora Redini al delitto."

La Zanzi, pur mantenendo la professionalità, sente un senso di sollievo e di incertezza. La mancanza di connessione tra le macchie di sangue e la vittima apre nuovi scenari nell'indagine, portandola a riconsiderare gli elementi chiave e a cercare nuovi possibili sospetti.

Rivolgendosi a Mario con determinazione, gli dice di convocare immediatamente Enrico Cingoletti e la sua fidanzata Loretta Redini per un ulteriore interrogatorio. E' necessario approfondire ulteriormente la loro versione dei fatti e ottenere informazioni più dettagliate in relazione alle nuove scoperte emerse durante l'indagine.

Mario e si mette subito all'opera per organizzare gli interrogatori.

La Zanzi, dopo aver ricevuto la notizia da Leo che nelle nuove immagini della strada provinciale n° 1 mancava il passaggio del Pick up nel centro di Toirano, si trova a farsi una serie di riflessioni e domande. Era un nuovo puzzle da risolvere, e il mistero attorno al percorso del veicolo sollevava ulteriori interrogativi.

"Dove può essere andato?" si chiede la Zanzi, guardando la mappa della zona sul suo computer.

"E' arrivato a casa? Ha preso un altro percorso?"

La possibilità che il conducente del Pick up avesse seguito una strada diversa o che fosse tornato a casa diventava un elemento cruciale nelle indagini.

La Zanzi decide di affrontare direttamente queste domande con Leo.

"Leo, dobbiamo capire dove potrebbe essere diretto il conducente del Pick up. Controlliamo le vie limitrofe, possibili deviazioni o ritorni a casa. Non possiamo ignorare questa mancanza di traccia. Potrebbe esserci una spiegazione logica, ma dobbiamo esplorare tutte le possibilità."

Leo dice con voce riflessiva: "questo è un elemento significativo. Il fatto che il Pick up non sia sulla strada principale apre una serie di possibilità. Dobbiamo considerare tutte le opzioni."

La Zanzi, capisce l'importanza di ognialtra possibile pista, quindi continua, "Quanto al conducente del Pick up, sino a quando non abbiamo la certezza che è lo Chef Improta, non possiamo escluderlo dall'indagine.

Dobbiamo approfondire, scoprire chi guida quel veicolo che è di una persona che in questo momento è in Brasile e se c'entra con il nostro caso.

Riempiamo questa lacuna di informazioni, Leo.

Indaghiamo su chi potrebbe essere al volante e cosa può avere a che fare con la nostra indagine."

Zanzi sapeva che, poteva sembrare un dettaglio minore, la scomparsa del Pick-up, ma aveva il potenziale di rivelare nuove prospettive e connessioni nel complicato caso Pertignetti.

La stanza del commissariato era immersa in un silenzio fitto quando il telefono sulla scrivania della Zanzi squillò improvvisamente, spezzando l'atmosfera di relativa quiete
Con uno sguardo fermo e determinato, la detective afferrò la cornetta e rispose con un secco: "Pronto".

Dall'altro capo della linea, la voce del Dottor De Caprio della Polizia Scientifica echeggiò con tono solenne, "Dottoressa Zanzi, abbiamo i risultati del riscontro facciale."

La Zanzi si irrigidì, preparandosi mentalmente per le notizie che avrebbe sentito. "Va bene, parli. Cosa avete scoperto?"

"Prima di tutto," iniziò il Dottor De Caprio, "i fotogrammi presi dagli specchietti retrovisori del pick-up non sono riconducibili a Improta. Nessuna corrispondenza."

Un sospiro di delusione sfuggì alla detective, ma il Dottor De Caprio proseguì con una nuova informazione, "Tuttavia, abbiamo un riscontro facciale al 87% di una foto di una persona "

Gli occhi della Zanzi si illuminarono appena, "Chi è questa persona? Avete un nome?"

"Purtroppo no, Dottoressa. La foto è stata reperita dai social media e non abbiamo accesso a informazioni personali. Ma, come se non bastasse, abbiamo anche un riscontro al 68% di altra persona nel ristorante, sempre da una foto online."

La Zanzi annuì, riflettendo su come queste nuove informazioni potessero essere fondamentali per risolvere il caso, ma allo stesso tempo sentiva come se si stesse immergendo in un labirinto sempre più complesso.

"Mandatemi queste due foto. Devo capire chi sono queste persone e cosa sanno."

De Caprio continuando : "Dottoressa Zanzi, ho fatto una scoperta che potrebbe essere significativa analizzando attentamente le foto del pick-up coinvolto nel caso Pertignetti."

Zanzi: "Dica, cosa ha catturato la sua attenzione?"

De Caprio: "Sul pianale posteriore del veicolo, ho notato chiaramente una ruota che potrebbe essere riconducibile a una carriola."

Zanzi: "Una carriola? Cosa potrebbe significare questa scoperta?"

De Caprio: "Potrebbe suggerire che sia stata usata per trasportare qualcosa, ad esempio un corpo."

Zanzi: "È una pista interessante. Questa scoperta potrebbe rivelarsi cruciale per comprendere il coinvolgimento del veicolo nell'omicidio di Pertignetti."

Con un ringraziamento veloce, la telefonata si conclude. La Zanzi si alzò dalla scrivania, la mente già al lavoro per analizzare le nuove prospettive che si aprivano di fronte a lei.

Dopo aver ricevuto le nuove informazioni, si trovò di fronte a una complessità crescente dell'indagine, con quattro situazioni intricatamente intrecciate, ciascuna portando con sé nuovi enigmi.

Innanzitutto, Enrico Cingoletti e la fidanzata Loretta Redini erano al centro dell'attenzione. Il filo d'acciaio con una macchia di sangue trovato nella loro casa sollevava ulteriori domande. Sebbene il sangue non fosse di Giuseppe Pertignetti, la presenza di questo elemento poteva indicare un coinvolgimento nella vicenda. Loretta Redini poteva essere una complice o forse la vittima di circostanze fuori dal suo controllo.

Lo Chef Improta, sospettato di aver utilizzato l'auto di Fabrizio De Giovanni, il marito della nipote dello chef che era in Brasile, presentava un mistero. Nonostante l'assenza di riscontro facciale, l'associazione con la vettura coinvolta nel delitto complicava ulteriormente il suo coinvolgimento.

Le due persone associate al pick-up, con corrispondenze facciali dal 87% e 68% rispettivamente, rendevano l'indagine ancora più intricata. Chi erano queste persone? Avevano un motivo per compiere un omicidio o erano semplicemente estranee al caso?

Perché qualcuno avrebbe avuto bisogno di utilizzare quell'auto in quel preciso momento?

Come mai c'è una carriola sul pianale in piena notte?

C'era un collegamento tra l'auto e l'omicidio di Pertignetti, o era solo una coincidenza?

Che strada ha preso il pick up, perché non passa in Toirano?

La Zanzi si trovò così in una situazione in cui più informazioni emergevano, più il mosaico diventava complesso. Le strade dell'indagine si biforcavano in molteplici direzioni, ciascuna portando con sé un potenziale sospetto. Doveva navigare con precisione attraverso queste intricanti questioni, cercando di scoprire la verità tra i dettagli che emergevano.

Giunta alla sera dopo una giornata intensa di indagini, si riunisce con la sua squadra per pianificare la prossima fase dell'indagine.

"Marco, domani mattina voglio che tu e Anna prepariate

l'interrogatorio per Cingoletti e Redini. Concentratevi sui dettagli, cercate di capire se c'è qualcosa che potrebbe rivelarsi cruciale. Abbiamo bisogno di ottenere informazioni chiave da entrambi."

"Leo tu convoca il cameriere Fausto"

Poi, rivolgendosi a Leo, aggiunge: "Leo, quando arriveranno le foto dalla Polizia scientifica, voglio che tu faccia il possibile per identificare chi sono le persone dei social. Potrebbe essere un elemento fondamentale per comprendere chi potrebbe essere coinvolto in questo intricato caso."

Dopo aver dato le sue istruzioni, la Zanzi si congeda dalla squadra. Decide di fare una passeggiata a piedi per raggiungere casa, un modo per sgombrare la mente prima di una nuova giornata di lavoro. Mentre percorre le strade illuminate della città, si mette le cuffie e avvia la musica sul suo cellulare.

La melodia avvolge la sua mente, offrendo un momento di distrazione.

La musica diventa la colonna sonora della sua passeg- giata notturna, un modo per liberare il cervello dal peso delle indagini e ricaricare le energie per affrontare le incertezze che il caso presentava.

GIORNO 10/01/2024

La sera precedente, il Sovrintendente Leonardo di Sciascia, aveva convocato Fausto Corretti.

Fausto è il cameriere che aveva seguito con un altra auto Alessandro Giovinetti, mentre riaccompagnava a casa la moglie del Pernighetti.

Il cameriere, entrò nell'ufficio di Leo cercando di nascondere l'inquietudine.

Leo: "Buongiorno, signor Corretti. Grazie di essere qui. Abbiamo bisogno di discutere degli eventi della notte di Capodanno."

Fausto: "Buongiorno, Ispettore. Certo, sono qui per rispondere a qualsiasi domanda."

Leo: "Lei ha seguito con la sua macchina il signor Alessandro Giovinetti che riportava a casa la signora Elisa Buttoni, lo conferma?"

Fausto: Sì, lo confermo.

Leo: "Durante il tragitto, ha notato qualcosa di strano o sospetto?"

Fausto: "No, niente di particolare. Ha guidato normalmente, poi siamo arrivati a casa di Elisa, la signora Buttoni, e l'ho aiutata a scendere dall'auto. Era molto sconvolta."

Leo: "Cosa è successo dopo che ha lasciato Elisa?"

Fausto: "Il signor Giovinetti è salito sulla mia macchina, e l'ho portato a casa sua."

Leo: "Perché non l'ha riportato al ristorante?

Fausto: "Mi ha detto che non se la sentiva di stare con la gente, che aveva detto ad Improta di chiudere ed era preoccupato per quello che sarebbe successo nei giorni a venire perché la scomparsa di Giuseppe Pertignetti, poteva creare un danno d'immagine per il ristorante."

Leo: "Ha notato qualcosa di insolito durante il tragitto o all'arrivo?"

Fausto: "No, Ispettore, niente di strano."

Leo: "Che ore erano quando hai lasciato Alessandro Giovinetti alla sua abitazione?"

Fausto: "L'una e venti minuti."

Leo: "Ha visto entrare nella casa Alessandro Giovinetti?"

Fausto: "Certo, ho aspettato che entrasse prima di andarmene e ritornare al ristorante."

Leo: "Grazie, Fausto. La sua collaborazione è preziosa. Se ci sarà bisogno di ulteriori informazioni, la contatteremo."

Fausto, sollevato ma ancora carico di ansia, lasciò l'ufficio di Leo. L'ispettore, ora dotato di nuovi dettagli, aveva un compito importante: unire i fili di questa intricata trama e arrivare alla verità sulla scomparsa di Pertignetti.

La Dott.ssa Zanzi arriva in Questura, Leo l'attendeva nel suo ufficio, con un'espressione concentrata e il risultato dell'interrogatorio appena concluso con Fausto Corretti.

Zanzi: (entra nell'ufficio) "Buongiorno, Leo. Cosa hai scoperto da Fausto Corretti?"

Leo: " Ciao, buongiorno. Fausto Corretti ha confermato la sua versione dei fatti. Ha seguito Alessandro Giovinetti quella notte e lo ha riportato a casa di Elisa Buttoni."

Zanzi: "Qualcosa di rilevante durante il tragitto o all'arrivo?"

Leo: No, nulla di particolare. Giovinetti sembrava visibilmente scosso, e Corretti non ha notato comportamenti sospetti o stranezze durante il tragitto.

Zanzi: (si siede) "E dopo aver lasciato Elisa Buttoni?"

Leo: "Giovinetti è salito sulla macchina di Corretti, e quest'ultimo l'ha riportato a casa sua."

Zanzi: "Interessante che non sia tornato al ristorante. Ha dato una spiegazione?"

Leo: (annuisce) "Ha detto che non si sentiva di stare con la gente, preoccupato per il possibile danno d'immagine per il ristorante, considerando la scomparsa di Pertignetti."

Zanzi: "Capisco, quali sono i nostri prossimi passi?"

Leo: "Dobbiamo verificare ogni dettaglio e, se possibile, ottenere conferme indipendenti. Potrebbe essere il momento di rivedere alcune testimonianze e cercare altri elementi che possano farci comprendere meglio cosa è successo la notte di Capodanno."

Zanzi: "Bene, iniziamo subito. Abbiamo ancora molto lavoro da fare."

Leo le porse il resoconto dell'interrogatorio sapendo che ogni piccolo dettaglio avrebbe contribuito a gettare luce sulla misteriosa scomparsa di Giuseppe Pertignetti.

Mario riceve Loretta Redini e Enrico Cingoletti che erano stati convocati il giorno precedente
L'atmosfera nell'ufficio è tesa, e Mario inizia con calma, cercando di stabilire una connessione con la giovane donna, nel frattempo Enrico Cingoletti è in un altra stanza con Anna e Marco

Mario: "Buongiorno, signorina Redini. Grazie per essere qui. Innanzitutto, posso chiederle quanto tempo conosce e frequenta Enrico Cingoletti?"

Loretta: "Ci conosciamo da circa 10 anni e frequentiamo da tre anni."

Mario: "Va bene e quando avevate deciso di passare la notte di Capodanno assieme?"

Loretta: "Avevamo deciso di trascorrerla insieme da qualche

settimana."

Mario: "Mi può dire se Enrico ha libero accesso al suo studio di scultrice?"

Loretta: Certo, ha la chiave.

Mario: "Ha notato che il suo filo d'acciaio a due mani è stato preso di recente?"

Loretta: "Non lo so, non ne sono sicura. Di solito lascio gli strumenti nello studio, e non controllo se qualcuno li ha toccati."

Mario: "Lo sa che cè una macchia di sangue su uno dei manici di questo filo. Sa di chi potrebbe essere?!"

Loretta: "Certo, è mia. È una goccia del mio sangue, mi è caduta circa 15 giorni fa. Mi sono infilzata con uno scalpellino, nel cercare qualcosa per fermare il sangue, ho sporcato il tavolo di lavoro e anche il manico del filo a due mani."

Mario: "L'orario di arrivo di Enrico Cingoletti la notte di Capodanno è stato confermato alle 03.05 Può confermare questa informazione?"

Loretta: "Sì, è arrivato a quell'ora minuto più, minuto meno, avevo guardato da poco l'ora ed erano le 03.02."

Mario: (cambia argomento) "Conosce per caso una strada alternativa che porta alle grotte di Toirano senza passare dal centro?"

Loretta: "Sì, certo, c'è una via alternativa. Si può girare in via Mainero, poi proseguire in via Costa. Da lì, prendere un sentiero di strada sterrata per circa 300 metri, e si arriva alle grotte. È un percorso molto più lungo e non lo fa nessuno. È più semplice prendere via alle Grotte dopo aver passato il Centro di Toirano."

Anna e Marco nel frattempo in un altro ufficio fanno le stesse domande a Enrico Cingoletti per vedere se ci sono delle discordanze. L'atmosfera nell'ufficio è tesa, e Anna inizia con calma, cercando di stabilire una connessione con l'uomo.

Anna: "Buongiorno, signor Cingoletti. Grazie per essere ancora qui. Innanzitutto, possiamo chiederle quanto tempo conosce e frequenta Loretta Redini?"

Enrico: "Ci conosciamo da circa 10 anni e frequentiamo da tre anni."

Anna: "Capisco. Quando avevate deciso di passare la notte di Capodanno assieme?"

Enrico: "Avevamo pianificato di trascorrerla insieme da qualche settimana."

Marco: "Ci può dire se ha libero accesso allo studio di scultrice di Loretta?"

Enrico: "Sì, sicuramete, ho la chiave."

Anna: "Ha notato che il filo d'acciaio a due mani di Loretta è stato preso di recente?"

Enrico: "Non so, non ne sono sicuro, non guardo mai i suoi attrezzi, guardo le sue opere."

Marco: "Lo sa che su uno dei manici del filo a due mani c'è una macchia di sangue? Ha idea di chi potrebbe essere?"

Enrico: " E'di Loretta. Circa 15 giorni fa, si è infilzata con uno scalpellino ha sporcato il tavolo di lavoro, il pavimento ed anche il manico del filo a due mani, mentre cercava qualcosa per fermare il sangue"

Anna: (continua) "L'orario di arrivo la notte di Capodanno è stato confermato alle 03.05 Può confermare questa informazione?"

Enrico: (conferma) "Sì, sono arrivato a quell'ora."

Marco: (cambia argomento) "Conosce una strada alternativa che porta alle grotte di Toirano senza passare dal centro?"

Enrico: (pensando) "Sì, c'è una via alternativa, gira in via Mainero, poi prende via Costa. Lì si prendere un sentiero di strada sterrata per circa 300 metri, e si arriva alle grotte. I percorso è più lungo. Di solito si prendere via alle Grotte dopo aver passato il Centro di Toirano. Questo è un sentiero che viene usato dagli escursionisti."

Dopo aver concluso l'interrogatorio di Loretta Redini e Enrico Cingoletti, Anna, Mario e Marco li congedarono, ringraziandoli per la collaborazione fornita durante l'interrogatorio.

Anna: (sorridendo) "Grazie per la vostra collaborazione, signora Redini e signor Cingoletti per aver risposto alle nostre domande."

Mario: "Se avete ulteriori informazioni o altre notizie utili, vi preghiamo di farcelo sapere al più presto."

Marco: (aggiungendo) "Il vostro aiuto è prezioso e ci aiuta a far luce sulla scomparsa di Giuseppe."

Ogni dettaglio, anche il più piccolo, può essere cruciale.

Loretta: (risponde) Faremo del nostro meglio. Se ci sarà qualcosa che potrebbe esservi utile, vi contatteremo immediatamente.

Enrico: (conferma) Siamo a vostra disposizione e di contribuire per risolvere questa situazione.

Loretta e Enrico lasciarono l'ufficio della polizia. Anna, Mario e Marco iniziarono a prendere in considerazione le informazioni raccolte per mettere insieme i pezzi del puzzle del mistero della scomparsa di Giuseppe Pertignetti.

L'ufficio della Zanzi era permeato da un'atmosfera di tensione quando Anna, Mario e Marco fecero il loro ingresso.

La Zanzi, concentrata sui documenti davanti a lei, alzò lo sguardo nel vedere i colleghi entrare.

Zanzi: "Ciao ragazzi, qualcosa di nuovo?"

Anna: "Sì, abbiamo appena concluso gli interrogatori con Loretta Redini e Enrico Cingoletti."

Mario: (aggiunge) "E c'è qualcosa che potrebbe essere significativo."

Marco: "Entrambi hanno fornito la stessa versione degli eventi. Nessuna discrepanza nelle loro storie."

Zanzi: " Bene, continuate… "

Anna: "Abbiamo inserito una domanda a sorpresa su una possibile via alternativa per arrivare alle Grotte di Toirano, senza passare dal centro. Entrambi hanno confermato che esiste un percorso. "

Mario: "E questo potrebbe essere un modo per eludere le telecamere di sorveglianza del centro."

Zanzi: "Quindi hanno indicato una strada che evita le telecamere? "

Marco: (conferma) "Esatto."

Entrambi hanno menzionato una via attraverso via Mainero, poi via Costa e infine un sentiero di strada sterrata. Un percorso meno battuto, ma possibile.

Zanzi: Molto interessante. È un dato che dobbiamo assolutamente approfondire. Potrebbe essere una pista importante."

Anna: "C'è altro che dobbiamo sapere prima di procedere?"

Marco: "Certamente sì, per il momento, questo potrebbe essereil punto chiave. Ma continueremo a indagare per essere sicuri."

Zanzi: "Bene, allora continuate a seguire questa pista. Non lasciate nulla al caso. Voglio saperne di più su questa strada alternativa. Anna, Mario, andate a verificare il percorso alternativo che Loretta Redini e Enrico Cingoletti hanno descritto.

Vedete se ci sono indizi sul sentiero, se il pick up può essere transitato o essere stato posteggiato nelle vicinanze."

Anna: Perfetto Gigliola, Mario ed io andiamo subito a fare un sopralluogo ."

Mario: (aggiunge) "Ci concentreremo anche sull'eventualità che il sentiero sia stato percorso da una carriola, come ha suggerito il Dottor De Caprio."

Zanzi: (approvando) "Ottimo. Prendete tutte le precauzioni necessarie. Fotografate ogni dettaglio, segno e qualsiasi elemento che possa risultare rilevante. E se c'è qualche punto di accesso al sentiero, verificate se può essere stato utilizzato recentemente e prendete un campione di terra del sentiero. "

Anna: "Faremo il possibile, ispettore. Torneremo con tutte le informazioni che riusciremo a raccogliere. Anna e Mario lasciarono l'ufficio, pronti a eseguire l'incarico assegnato."

Il percorso alternativo rappresentava una potenziale svolta nell'indagine, e la Zanzi sapeva quanto fosse cruciale esaminare attentamente ogni aspetto di quel sentiero per ottenere nuovi indizi sulla scomparsa di Giuseppe Pertignetti.

L'ispettore Zanzi, per approfondire ulteriormente le informazioni riguardanti il pick-up del marito della nipote di Improta, decise di convocare nuovamente lo Chef per un ulteriore interrogatorio. Si rivolse a Leo e Marco, gli agenti presenti in ufficio.

Zanzi:"Leo, Marco, ho bisogno di ulteriori dettagli sul pick up."

Chiamate Improta, diteglii di presentarsi qui, ed assicuratevi di prendere tutte le informazioni possibili sul veicolo."

Leo: "Capito, Ispettore. Lo chiamo subito e lo faccio venire qui al più presto.

Marco: "E ci sono altri dettagli specifici che dobbiamo approfondire Ispettore?

Zanzi: (decisa) "Voglio sapere tutto sul pick-up. Marca, modello, eventuali caratteristiche distintive, e se ci sono informazioni sulla sua posizione nelle ore chiave della scomparsa di Pertignetti.

E, naturalmente, cercate di ottenere la massima collaborazione da parte di Improta."

Leo: (salutando) "Va bene, Gigliola, ci mettiamo subito all'opera. Leo e Marco lasciano l'ufficio della Zanzi, pronti a eseguire l'ordine di convocazione di Improta per avere tutte le informazioni necessarie sull'auto in questione."

La Zanzi, nel frattempo, mentalmente cerca di elaborare questo nuovo tassello dell'indagine che si è venuto a creare.

A fine mattinata, l'ispettore Zanzi riceve una telefonata dal medico legale Dottoressa Scoppelli, che porta a una nuova luce le circostanze della morte di Giuseppe Pertignetti.

Scoppelli: "I tessuti del corpo di Pertignetti mostrano lesioni che possono essere attribuite al raffreddamento e alla formazione di piccoli cristalli di ghiaccio. Con questa nuova scoperta dobbiamo riconsiderare l'ora della morte."

Zanzi: (interessata) "Cristalli di ghiaccio? Cosa significa per l'ora della morte? Ci sono stati casi in cui il corpo è stato raffreddato intenzionalmente per alterare l'ora della morte e mascherare altre prove?"

Scoppelli: (spiegando) "Sì, più di uno.. Il raffreddamento post-mortem è un modo per cambiare le condizioni del corpo dopo la morte, e questo può rendere più complicato capire quando è successo esattamente. Però, dobbiamo pensarci bene, considerando anche altre cose come la temperatura intorno e il modo naturale in cui il corpo si raffredda da solo. Tuttavia, la nostra analisi tiene conto di molteplici fattori per giungere a conclusioni accurate. Sarà fondamentale confrontare questi dati con gli esiti dell'autopsia per ottenere una visione più chiara della situazione. Nel caso di Pertignetti, stiamo valutando la possibilità che il corpo sia stato raffreddato per sviare le indagini. I cristalli di ghiaccio suggeriscono che il corpo di Pertignetti potrebbe essere stato esposto a un abbassamento di temperatura molto veloce dopo la morte. In base a questa nuova supposizione, dobbiamo rivedere l'ora di morte precedentemente stimata alle 05.30 – 06.30 del 1 gennaio."

La Dottoressa: (continua) "Dal momento della morte in poi, la temperatura corporea scende di circa 1-1,5 gradi Celsius ogni ora nelle prime 12 ore. Quindi, se una persona muore alle 00:01 e la temperatura si abbassa costantemente, alle 05:30 la temperatura potrebbe essere diminuita di circa 9 gradi. Ma se il corpo viene raffreddato velocemente, già alle 03:00 potrebbe essere sceso di 9-10 gradi, causando la formazione di cristalli di ghiaccio nei tessuti a contatto con la superficie fredda, provocandone il danneggiamento inoltre bisogna anche tener ben presente che il corpo è stato rinvenuto in un ambiente che ha una temperatura costante di circa 16 gradi, ben differente da quella esterna del 1 gennaio."

Zanzi: "Grazie, dottoresa Scoppelli, per queste importanti informazioni. Sono sicura che saranno fondamentali per l'indagine."

Scoppelli: (professionale) "È un piacere collaborare, Ispettrice Zanzi. Prima di chiudere, vorrei suggerirle di verificare se la cella frigorifera del ristorante Pesci Vivi può contenere un corpo umano e ha l'opzione Turbo Freezer. In caso positivo, potrebbe essere utile cercare se ci sono reperti o tracce che possano contribuire all'indagine."

Zanzi: "Certo dottoressa, verificherò immediatamente questa informazione. Grazie ancora per la sua disponibilità."

Scoppelli: (cordiale) "Resto a disposizione per ulteriori chiarimenti o analisi se ne avrete bisogno. Buon lavoro, Ispettrice."

La Zanzi chiuse la telefonata, e subito si attiva per sapere se la cella del ristorante aveva l'opzione Turbo Freezer, quindi chiama la Polizia Scientifica.

Zanzi: "De Caprio, sono la Zanzi. Mi serve una risposta precisa. Al ristorante Pesci Vivi, c'è una cella Turbo Freezer?"

De Caprio: "Sì, Ispettrice, confermo, la cella è Turbo Freezer di ultima generazione"

Zanzi: (approfondisce) "E questa cella è in grado di contenere un corpo umano?"

De Caprio: (conferma) "Sì, ha la capacità di contenere anche più di un corpo umano diciamo che può contenere all'incirca 3 vitelli è molto grande, noi l'abbiamo trovata funzionante, ma vuota"

Zanzi: (seria) "Come è fatta la chiusura della cella?"

De Caprio: (preciso) "La cella ha un sistema di chiusura a chiave perché dovrebbe contenere merci di valore"

Zanzi: "Bene, ho bisogno di un'ulteriore informazione. Hai eseguito una ricerca di reperti o tracce all'interno di questa cella?"

De Caprio: Sì, le ripeto l'abbiamo trovata funzionate nella modalità standard, abbiamo effettuato una ricerca approfondita, i rilievi di prassi, ma non abbiamo trovato alcun reperto o traccia all'interno della cella."

Zanzi: "Grazie, De Caprio. La tua collaborazione è preziosa. Se ci sono sviluppi, fammelo sapere immediatamente."

De Caprio:"Certamente, Ispettrice. Resto a tua disposizione per ulteriori necessità."

La Zanzi chiude la telefonata, ora ha la certezza che c'è la cella Turbo Freezer al ristorante Pesci Vivi e che potrebbe dare importanti risposte, ma al momento sembra essere priva di elementi cruciali per risolvere il caso della scomparsa di Giuseppe Pertignetti.

Leo e Marco fanno accomodare lo chef Improta

Zanzi: (seria) "Improta, grazie per essere qui. Ho alcune domande importanti. Innanzitutto, dove è attualmente posteggiato il pick up del marito di tua nipote, Fabrizio De Giovanni?"

Improta: (risponde) "Il pick up è parcheggiato nel cortile della casa di mia nipote, come sempre."

Zanzi: (continua) "Chi ha le chiavi del pick up?"

Improta: (spiega) "La famiglia di mia nipote, perché lo usano regolarmente, ed io ho un mazzo di chiavi che tengo nel ristorante. A volte mi capita di usarlo per prendere cose voluminose o pesanti che non posso portare con la mia macchina."

Zanzi: (prosegue) "Ha usato ultimamente il pick up?"

Improta: (risponde) No, è da un po' di tempo che non lo uso, non c'è stata l'occasione."

Zanzi: (approfondisce) "Le risulta che il marito di tua nipote possieda una carriola?"

Improta: (riflette) "Sì, certamente, è un agricoltore. Ha un paio di carriole nel cortile dove è posteggiato il pick up."

Zanzi: (cambia argomento) "Qualcun altro è al corrente che il marito di tua nipote ha il pick up?"

Improta: (risponde) "Tutti."

Zanzi: (prosegue) "E qualcuno sa che Loretta e la sua famiglia sono attualmente in Brasile?"

Improta: (risponde) "Oltre me, tutti i dipendenti del ristorante, compreso Alessandro, Elisa e il povero Giuseppe."

Zanzi: (conclude) "Grazie per le risposte, Improta"
Improta: "Spero che tutto si risolva presto."

Anna e Marco, dopo aver esplorato il sentiero che conduce alle Grotte seguendo le indicazioni di Enrico Cingoletti e Loretta Redini, ritornano in Questura per fare il resoconto dettagliato alla Zanzi con molte interessanti informazioni raccolte durante l'ispezione sul terreno.

Zanzi: "Bene, ditemi cosa avete scoperto durante il sopralluogo sul sentiero indicato da Cingoletti e Redini?"

Anna: "Allora, siamo arrivati al punto indicato, seguendo le istruzioni passo dopo passo. Per arrivare al sentiero, è necessario abbandonare la strada provinciale 1 e prendere una strada sterrata che si dirige verso le Grotte di Toirano."

Marco: (aggiunge) "Con questa abbiamo raggiunto uno spiazzo. Da lì, bisogna continuare a piedi su un sentiero piuttosto stretto, circa un metro di larghezza."

Anna: (con enfasi) "Il sentiero è un classico sentiero di montagna caratterizzato da tratti scoscesi e terreno accidentato. Dopo circa 300 metri di cammino, abbiamo raggiunto le due uscite delle Grotte, come ci hanno indicato".

Zanzi: (interessata) "Descrivetemi meglio le uscite. C'è qualche differenza tra loro?"

Marco: (osservando) "Sì, c'è una differenza sostanziale e significativa. Una delle uscite è chiaramente inaccessibile, completamente bloccata da rocce e detriti. È impossibile raggiungerla."

Anna: (prosegue) "L'altra uscita, un poco più nascosta invece, è leggermente più ampia ed accessibile e conduce all'interno delle Grotte. Questa grazie ad un piccolo cunicolo si collega all'uscita vera e propria ad dove escono i turisti delle Grotte.
E grazie a questa apertura siamo arrivati al punto in cui è stato ritrovato il corpo di Pertignetti. Questa apertura però dall'interno è difficilmente individuabile."

Zanzi: (pensierosa) "Avete notato qualcosa di particolare lungo il sentiero o nelle vicinanze delle Grotte?"

Anna: "Abbiamo prestato attenzione a rocce, rientranze nel terreno e alla topografia circostante, non ci sono spunti interessanti, ma abbiamo preso dei campioni di terra."

Marco: " In sintesi, il sentiero è abbastanza isolato e poco frequentato. La sua strettezza potrebbe aver contribuito a rendere il passaggio inagibile ai non esperti, sia in entrata che in uscita"

Zanzi, raggiante per i progressi della squadra, si rivolge alla sua squadra con un sorriso e un tono di gioia: "Eccellente lavoro, ragazzi, è meraviglioso quello che mi avete detto!

Siete stati formidabili, adesso meritate tutti una pausa.

Andiamo a cena e godiamoci una serata tranquilla.

Domani sarà una giornata intensa, ma siamo sulla strada giusta per risolvere questo caso. Ci aspetta una vittoria, e insieme la raggiungeremo! Grazie a ognuno di voi per l'impegno e la dedizione. Ora, concedetevi un po' di riposo. Siete fantastici! Ottimo lavoro."

GIORNO 11/01/2024

La Zanzi arriva nel Commissariato con aria decisa e determinata. La squadra si raduna davanti a lei, pronta a ricevere istruzioni.

Zanzi: (seria) "Buongiorno a tutti. Abbiamo fatto progressi significativi, e ora dobbiamo concentrarci su alcune persone chiave per ottenere ulteriori informazioni.

Leo e Marco, vi affido la convocazione di Alessandro Giovinetti, Claudio Improta e il sous chef Alberto Nicola. Li voglio qui alle 11.00. Fate in modo che siano pronti a rispondere alle nostre domande."

Leo e Marco annuiscono, prendendo nota delle istruzioni.

Zanzi: (prosegue) "Anna e Mario, la vostra missione è convocare Enrico Cingoletti, il benzinaio di Ceriale Gino Guidi e il postino Mario De Cesari. Voglio che siano qui alle 12.00. Assicuratevi di avere tutte le informazioni necessarie prima di incontrarli."

Anna e Mario confermano con un cenno del capo, pronti ad adempiere al loro incarico.

Zanzi: (conclude) "Abbiamo innumerevoli spunti e opportunità per ottenere informazioni cruciali. Lavorate in modo preciso e con molta diplomazia. E, come sempre, tenetemi aggiornata su ogni sviluppo.

Andiamo, ragazzi, facciamo in modo che questa giornata ci porti alla soluzione del caso."

La squadra si disperde, ognuno pronto ad adempiere al proprio compito, mentre la Zanzi si prepara ad affrontare una giornata intensa di interrogatori e indagini.

La Zanzi, si rende conto che tutte queste nuove informazioni hanno portato ad uno sviluppo importante nella risoluzione del caso Pertignetti, quindi prende il telefono e compone il numero del Pubblico Ministero Dott. Devino.

Dopo qualche squillo, la chiamata viene accettata.

Zanzi: "Buongiorno, Dott.Devino, sono il Commissario Zanzi, disturbo?"

Dott. Devino: (risponde) "Buongiorno a lei Commissario, no, nessuna disturbo. Mi dica, di cosa si tratta?

Zanzi: "Abbiamo raggiunto una fase cruciale nelle indagini sulla morte di Giuseppe Pertignetti, penso che siamo al punto di arrivo, quindi ho bisogno della sua presenza in Commissariato per le ore 11.00. Siamo agli ultimi interrogatori l'arresto dell'assassino è solo questione di ore"

Dott. Devino: (interessato) "Ok, molto bene, sarò lì alle 11.00, a dopo, Commissario."

Zanzi:"Grazie, ci vediamo alle 11.00."

Anna, prende il telefono e compone il numero del cellulare di Enrico Cingoletti, e attende con impazienza che Enrico risponda alla chiamata.

Anna: "Buongiorno, signor Cingoletti. Sono l'Ispettore Anna della Squadra Omicidi. Abbiamo bisogno che si presenti in Commissariato per un ulteriore interrogatorio in merito alla scomparsa di Giuseppe Pertignetti.

Le chiedo di presentarsi alle ore 12.00. È importante che sia accompagnato dal suo avvocato, in modo da garantire i suoi diritti e la regolarità dell'interrogatorio."

Concludendo: "La prego di essere puntuale. Sarà un passo importante per l'indagine. Grazie".

Mario, si appresta a convocare Gino Guidi, l postino Mario de Cesari. Prende il telefono e compone i numeri corrispondenti, aspettando che entrambi rispondano alla chiamata.

Mario: "Buongiorno, signor De Cesari, sono il Sovrintendente Capo Mario Bella della Squadra Omicidi. Abbiamo bisogno che si presenti in Commissariato per una testimonianza in merito alla scomparsa di Giuseppe Pertignetti.

La prego di presentarsi alle ore 12.00. La sua testimonianza potrebbe fornirci informazioni fondamentali per l'indagine."

Dopo aver completato le convocazioni, Mario si prepara mentalmente per gli interrogatori che si svolgeranno in Commissariato.

Leo, telefona ad Alessandro Giovinetti, per convocarlo in Commissariato

Leo: "Signor Giovinetti, sono il Vice Sovrintendente Leonardo di Sciascia. Abbiamo bisogno che si presenti in Commissariato per un interrogatorio riguardo alla scomparsa di Giuseppe Pertignetti."

Alessandro Giovinetti: (stupito) "Vice Sovrintendente, ma io non c'entro nulla con la scomparsa di Pertignetti. Che cosa volete sapere da me?"

Leo: "Vogliamo solo chiarire alcuni dettagli. È una procedura standard. Tuttavia, vorremmo che si presentasse con un avvocato."

Alessandro Giovinetti: (incredulo) "Con un avvocato? Ma perché? Non ho fatto nulla di male."

Leo: (spiega) "È la prassi. La sua collaborazione è fondamentale per fare luce sulla situazione."

Alessandro Giovinetti: (con sorpresa) "Non riesco a credere che io sia coinvolto in tutto questo. Non avevo motivo di far del male a Pertignetti."

Leo: (rassicura) "La invitiamo a venire con un avvocato per garantire i suoi diritti e una corretta procedura. Sarà solo una conversazione informale."

Alessandro Giovinetti, sorpreso e incredulo, accetta a suo

malgrado l'invito e si preoccupa per l'inaspettata situazione che si è venuta a creare.

Marco: (serio) "Signor Improta, sono il Vice Ispettore Marco Taglini. Abbiamo bisogno che si presenti in Commissariato alla ore 11.00 per un interrogatorio riguardo alla scomparsa di Giuseppe Pertignetti."

Claudio Improta: (stupito) "Ispettore, ma io non so nulla della scomparsa di Pertignetti. Perché dovrei venire in Commissariato?"

Marco: (calmo) "Abbiamo bisogno di chiarire alcuni dettagli. È la procedura standard. Tuttavia, vorremmo che si presentasse con un avvocato."

Claudio Improta: (incredulo) "Con un avvocato? Ma cosa sta succedendo? Io non centro nulla, e non ho fatto niente di male."

Marco: (spiega) "È una misura precauzionale per difendere i suoi diritti e la sua collaborazione è indispensabile per fare luce su questa intricata situazione."

Claudio Improta: (sorpreso) "Non posso credere di essere coinvolto in tutto questo. Ho lavorato con Pertignetti per anni, non avrei mai motivo di farlo sparire."

Claudio Improta, accetta l'invito e conferma la sua presenza in Commissariato per le ore 11.00

Marco di seguito chiama il Sous Chef : "Salve, sono il Vice Ispettore Marco Taglini, sto parlando con il Sous Chef Alberto Nicola del ristorante Pesci Vivi."

Alberto Nicola: (al telefono) "Buongiorno, sì, cosa posso fare per lei?"

Marco: (serio) "Abbiamo bisogno che si presenti in Commissariato alle ore 11.00 per fornire alcuni chiarimenti riguardo alla scomparsa di Giuseppe Pertignetti."

Alberto Nicola: (sorpreso) "Scomparsa di Pertignetti? Non

capisco, cosa c'entro io con tutto questo?"

Marco: (calmo) "Riteniamo che lei possa fornire informazioni importanti. La sua testimonianza potrebbe aiutarci a fare chiarezza. Non è necessario che lei venga con un avvocato, vogliamo solo raccogliere la sua testimonianza sui fatti che ha già riferito al Vice Sovrintendente Leonardo di Sciascia giorni fa."

Alberto Nicola: (confuso) "Ah, capisco. Quindi, devo solo parlare di quello che ho già detto a Leo?"

Marco: (conferma) "Esatto. Niente di più. La sua collaborazione è fondamentale per far luce su questa situazione."

Alberto Nicola: (sollevato) "Va bene, sarò lì alle 12.00 per testimoniare sui fatti che conosco."

Marco: (ringrazia) "Perfetto. Grazie per la sua collaborazione. A presto in Commissariato."

Anna, con il telefono in mano, si appresta a chiamare il benzinaio di Ceriale, Gino Gudi. Mentre compone il numero, il suo sguardo riflette determinazione. Dopo poche squillate, Gino risponde:

Gino: "Pronto, stazione di servizio Guidi."

Anna: "Buongiorno, signor Guidi. Sono Assistente Capo Coordinatore Anna Lobascio della polizia di Stato. Abbiamo bisogno di alcune informazioni e vorremmo che si presentasse in Commissariato alle ore 12.00 per un colloquio. È importante."

Gino: (esitante) "Sì, certo. Sarò lì."

Anna: (concludendo) "Grazie per la collaborazione, signor Guidi."

Anna conclude la chiamata, e pensa che questa giornata sarà intensa e ricca di sviluppi cruciali per l'indagine.

Alle 10:50 faceva il suo ingresso il Pubblico Ministero Dott. Devino.

La Zanzi e i suoi collaboratori, riuniti per gli interrogatori chiave, lo accolgono con rispetto e attenzione.

L'atmosfera nella stanza è carica di aspettative, e l'arrivo del Pubblico Ministero aggiunge un ulteriore livello di serietà alla situazione.

I collaboratori della Zanzi, tra cui Leo, Marco, Anna, Mario e gli altri investigatori, sono pronti per condurre gli interrogatori.

Il Dott. Devino, con il suo atteggiamento autorevole e professionale, è accolto dalla Zanzi che lo guida nel cuore del Commissariato ed entrano nella sala interrogatori.

La sala interrogatori, con le sue pareti neutre e il tavolo centrale, diventa il luogo cruciale in cui si prendono decisioni e dove si delineano le prossime fasi dell'indagine.

Al centro della stanza c'è una lampada luminosa che rende tutto ben illuminato, creando. Il soffitto, come un discreto custode di segreti, ha microfoni nascosti pronti a catturare ogni sussurro e dettaglio di ogni conversazione

Strategicamente posizionate, più telecamere tengono sotto controllo l'intera scena, registrando visivamente i movimenti e ogni espressione durante l'interrogatorio. Ogni gesto, ogni cambiamento di tono, possono essere utili per capira lo stato d'animo degli interrogati e possono essere analizzati in seguito.

Su una delle pareti laterali vi è uno specchio unidirezionale. Questo non solo riflette l'immagine di chi è nella stanza, ma serve anche come uno scudo invisibile per i restanti investigatori, che nella stanza accanto possono osservare l'interrogatorio senza essere visti dalla persona interrogata.

Nella stanza adiacente, Anna sorveglia attentamente gli strumenti di registrazione, che documentano ogni dettaglio dell'interrogatorio.

Una volta accomodati al tavolo la Zanzi, con un misto di determinazione e rispetto, mette al corrente il Pubblico Ministero della situazione attuale, spiegando gli sviluppi recenti e il piano per gli interrogatori che avrebbero avuto luogo. Il Dott. Devino ascolta attentamente, ogni dettaglio in questa fase cruciale dell'indagine.

Il Commissariato di Albenga che di solito è tranquillo, diventa il palcoscenico di un'indagine che avrebbe potuto svelare la verità dietro la scomparsa di Giuseppe Pertignetti.

La strategia della Zanzi per condurre gli interrogatori è pianificata in modo meticoloso, mirando a ottenere informazioni chiave e testimonianze utili per l'indagine sulla scomparsa di Giuseppe Pertignetti.

La sequenza degli interrogatori è stata studiata attentamente per massimizzare l'efficacia dell'approccio investigativo.

Primo Interrogato: Claudio Improta per chiarimenti

- Primo obiettivo è quello di ottenere chiarimenti riguardo ad eventuali elementi sospetti o comportamenti insoliti che si potrebbero collegare alla scomparsa di Giuseppe Pertignetti.
- Di seguito cercare di stabilire un nesso di congiunzione tra Improta la vittima, le ore precedenti e successive alla scomparsa, e qualsiasi informazione che possa gettare luce sulla situazione.

Secondo Interrogato: Alessandro Giovinetti

- L'attenzione è ora su Alessandro Giovinetti, cercare di ottenere maggiori e dettagliate informazioni sui suoi movimenti durante la notte della scomparsa.
- Cercare di capire il suo rapporto con Giuseppe Pertignetti, eventuali divergenze o tensioni, e ogni informazione che potrebbe essere rilevante per comprendere gli avvenimenti.

Terzo Interrogato: Sous Chef Alberto Nicola per testimonianza di fatti che lui conosce

- L'obiettivo è quello di raccogliere una testimonianza dettagliata da parte del Sous Chef Alberto Nicola riguardo a "fatti a lui noti" che possono essere rilevanti per l'indagine.
- Inoltre avere maggiori informazioni sui rapporti tra i dipendenti del ristorante, eventi accaduti durante il turno di lavoro e qualsiasi osservazione significativa che possa contribuire alla comprensione degli avvenimenti.

Quarto Interrogato: Enrico Cingoletti

- L' obiettivo è quello di approfondire la testimonianza di Enrico Cingoletti riguardo alla notte in cui scomparve la vittima, ottenendo così maggiori dettagli sui suoi movimenti e su eventuali osservazioni o interazioni con altre persone, in particolare Giuseppe Pertignetti.

Quinto Interrogato: Benzinaio Gino Gudi per conferma

- Ottenere la conferma delle informazioni che ha precedentemente fatto

di sua spontanea volontà.

Sesto Interrogato: Postino Mario de Cesari per conferma

- Anche in questo caso ottenere la conferma delle informazioni che ha precedentemente fatto di sua spontanea volontà.

Questa strategia mira cerca di vedere in modo differente diverse prospettive e fornire una panoramica completa degli eventi, contribuendo così a un quadro chiaro e dettagliato per l'inchiesta.

La stanza dell'interrogatorio è illuminata dalla una luce intensa sopra il tavolo, Il P.M. Dott. Devino e un agente siedono a fianco della Zanzi.

Claudio Improta, visibilmente teso, si trovava seduto di fronte a loro con a fianco l'avvocato.

Il silenzio era rotto solo dalla voce decisa della Zanzi, che formulava le domande.

Zanzi: (seria) "Sigor Improta, grazie per essere qui. Iniziamo con alcune conferme. Conferma che conosceva la vittima, Giuseppe Pertignetti, da oltre 10 anni?"

Improta: (nervoso) "Sì."

Zanzi: "Ci conferma che tra di voi c'era un ottimo rapporto?"

Improta: "Certo di sì, abbiamo sempre lavorato bene insieme."

Zanzi: "Sua nipote Loretta ha un pick up corretto?

Improta: (imbarazzato) Sì, mia nipote Loretta Improta e suo marito Fabrizio De Giovanni possiedono un pick up"

Zanzi: (prosegue con domande mirate) "Conferma che lei ha un mazzo di chiavi di questa vettura e le ha lasciate le in cucina la notte di Capodanno?"

Improta: (conferma) "Sì, di solito le lascio sempre lì per comodità."

Zanzi: (continua) "Ci conferma che lei ha ricevuto più di una volta delle lettere a mano al ristorante?"

Improta: (annuisce) "Sì, qualche volta sono arrivate delle lettere, ma non ne ho mai dato troppa importanza."

Zanzi: (cambia tono) "Bene, per ora è tutto. Può uscire dalla stanza, ma voglio che rimanga in Commissariato. Non deve avere contatti con nessuno solo con il suo avvocato e non può rilasciare alcuna dichiarazione.

Improta, è visibilmente sollevato, ma ancora teso.
Si alza dalla sedia ed esce dalla stanza con l'avvocato.
La Zanzi, insieme al P.M., si preparano per il prossimo interrogatorio.

La Zanzi, chiama Alessandro Giovinetti, il proprietario del ristorante Pesci Vivi,
Questo entra con il suo avvocato e si seggono di fronte alla Zanzi e al P.M. L'atmosfera era carica di tensione mentre la Zanzi iniziava l'interrogatorio.

Zanzi: "Signor Giovinetti, grazie per essere qui. Iniziamo con alcune domande. Signor Giovinetti il giorno 30 dicembre a che ora ha ricevuto la prenotazione del Sig. Giuseppe Pertignetti?"

Giovinetti: (risponde) "Verso le 18.30 – 18.45"

Zanzi: "Si ricorda quanto è durata la conversazione?"
Giovinetti: (risponde guardando l'avvocato) "Di preciso non ricordo, era una semplice prenotazione, penso 4 / 5 minuti al massimo."

Zanzi: "Dove si trovava al momento della scomparsa di Giuseppe Pertignetti?"

Giovinetti: (risponde) "Ero nella sala del ristorante."

Zanzi: (insiste) "Può essere più preciso?"

Giovinetti, guardando il suo avvocato, sembra esitare prima di rispondere.

Giovinetti: (incerto) "Non mi ricordo esattamente"

Zanzi: (prosegue) "Cosa ha fatto quando ha saputo della

scomparsa di Pertignetti?"

Giovinetti: (risponde) "Ho aiutato sua moglie Elisa a cercarlo."

Zanzi: (indaga) "Ha chiamato lei la Polizia, giusto?"

Giovinetti: (conferma) "Sì, dopo essermi consultato con Elisa."

Zanzi: (prosegue) "Ha portato a casa la signora Elisa Buttoni?"

Giovinetti: (conferma) "Sì, verso l'una e trenta con la macchina del Pertignetti."

Zanzi: (interroga) "Come è tornato al ristorante?"

Giovinetti: (risponde) "Non sono tornato, Fausto mi ha portato subito a casa. Ero stravolto."

Zanzi: (interroga) "Che ore erano?"

Giovinetti: (risponde) "Se non sbaglio la 01.20"

Zanzi: (verifica) "È rimasto in casa?"

Giovinetti: (conferma) "Sì, sono andato subito a dormire."

Zanzi: (domanda) "Ha qualcuno che può confermare quello che ci sta dicendo?"

Giovinetti: (risponde) "No, vivo solo."

L'avvocato di Giovinetti interviene.

Avv. Cristansi: "Ha come testimone il cameriere Fausto, che l'ha portato a casa e l'ha visto entrare."

Zanzi: (conclude) "Ok, per il momento ci fermiamo qui. Rimanga in Commissariato. Non deve avere contatti con nessuno tranne che con il suo avvocato e non può rilasciare alcuna dichiarazione."

La tensione rimane nell'aria mentre Giovinetti esce dalla stanza, seguito dalla Zanzi e dal P.M..

La Zanzi, con un tono deciso, chiama Leo per impartirgli istruzioni su come procedere con l'interrogatorio del Sous Chef Alberto Nicola.

Zanzi: (al telefono) Leo, ho bisogno che tu faccia entrare il Sous Chef Alberto Nicola per interrogarlo. Chiedigli tutto ciò che potrebbe essere rilevante per l'indagine, in particolar modo quello che ti ha già detto in via confidenziale"

Leo si reca nel corridoio e fa entrare Alberto Nicola nell'ufficio, dove la Zanzi è già seduta con il PM e l'agente.

Leo: (serio) "Alberto, il Vice Questore Zanzi ha alcune domande per te, rispondi con attenzione."

Zanzi: (interroga) "Mi conferma di aver visto il contenuto del foglio nella busta arrivata in serata per lo Chef Improta?"

Nicola: (conferma) "Sì, lo confermo. Ho anche una foto sul mio cellulare del suo contenuto."

Leo: (prosegue) "Bene. Ora, Alberto, dove eri al momento della scomparsa di Giuseppe Pertignetti?"

Nicola: "Eravamo usciti tutti dalla cucina per vedere i fuochi artificiali, è stato un evento storico che aspettavamo da anni, finalmente le amministrazioni di Alassio ed Albenga hanno trovato un accordo per fare questo evento che era visibile da Ceriale a Laugueglia.

Sembrava di essere a Rio de Janeiro, una cosa stupenda."

Zanzi: (verifica) "Quindi la cucina era vuota?"

Nicola: "Sì, non c'era nessuno."

Zanzi: (indaga) "Non ha notato nulla di strano?"

Nicola: "Quando siamo rientrati, abbiamo incrociato Alessandro Giovinetti, che ci ha detto che stava cercando Giuseppe Pertignetti. Era visibilmente sconvolto."

Leo: (conclude) "Grazie, Alberto Nicola. Può andare, abbiamo finito."

Alberto Nicola lascia la stanza, mentre Leo e la Zanzi valutano le informazioni ottenute e pianificano i prossimi passi dell'indagine.

La Zanzi, adesso vuol ottenere maggiori informazioni da Enrico Cingoletti, quindi chiama Anna per dirle come procedere con l'interrogatorio.

Zanzi: Anna, fai entrare Enrico Cingoletti.

Anna guida Enrico Cingoletti con il suo avvocato nella stanza d'interrogatorio, dove lo attende la Zanzi e il P.M.

Anna: "Enrico, il Commissrio Zanzi ha alcune domande importanti per lei. Risponda con attenzione e la massima sincerità"

Zanzi: "Dove era al momento della scomparsa di Giuseppe Pertignetti?"

Cingoletti: (risponde) "Ero in sala."

Zanzi: "Ha visto il Pertgnetti andare con sua moglie o da qualche altra parte?"

Cingoletti: L'ho visto andare con sua moglie alla vetrata dove c'erano tutti per vedere i fuochi artificiali, ma subito dopo ha lasciato e la moglie e si è diretto verso la zona dove ci sono i bagni, l'ingresso della cucina e l'ingresso del magazzino."

Zanzi:"E dove si trovava Alessandro Giovinetti?"

Cingoletti: "Era alle mie spalle. L'ho visto andare verso i bagni, e poi, circa 2 o 3 minuti dopo la fine dei fuochi, quando tutti stavano cercando Pertignetti, l'ho visto uscire dalla cucina."

Zanzi: "Dal magazzino si può passare in cucina senza passare dal locale comune?"

Cingoletti: "Dal magazzino si può andare nel posteggio, in cucina o nel locale comune dove ci sono i bagni."

Zanzi: "Può confermare di aver visto Pertignetti andare verso i bagni?"

Cingoletti: (conferma) "Sì, l'ho visto andare in quella direzione, ma non so se è andato in bagno o da qualche altra parte."

Zanzi: (conclude) "Bene, Cingoletti, per ora abbiamo finito. Rimanga a disposizione, ma ricordi di non parlare con nessuno tranne il tuo avvocato".

Cingoletti esce dalla stanza, lasciando Anna e la Zanzi a riflettere sulle informazioni ottenute.

La Zanzi, passa poi all'interrogatorio del benzinaio di Ceriale, Gino Gudi per avere la conferma ufficiale davanti al Pubblico Ministero Dott. Devino delle sue dichiarazioni spontanee.

Zanzi: "Signor Guidi, grazie per essere qui. Ho bisogno che confermi e sottoscriva ufficialmente le dichiarazioni spontanee che ha rilasciato il 2 gennaio. Questo passaggio è fondamentale per il proseguimento dell'indagine."

Il benzinaio, annuisce ed è pronto confermare quanto dichiarato in precedenza.

Zanzi: "Prima di procedere, capisce l'importanza di ciò che stiamo facendo oggi?"

Guidi: "Certo, capisco perfettamente."

Zanzi: "Bene, allora per favore, prenda visione le dichiarazioni che ha rilasciato il 2 gennaio. Poi, se conferma che tutto è corretto, è necessario che le sottoscriva davanti al Pubblico Ministero."

Guidi legge attentamente le dichiarazioni e, dopo qualche istante, solleva lo sguardo prontamente.

Guidi: (conferma) "Sì, sono esattamente le cose che ho detto."

Il Pubblico Ministero Dott. Devino si avvicina e ascolta attentamente prima di procedere.

Devino: (formale) "Signor Guidi, è disposto a confermare ufficialmente queste dichiarazioni, sottoscrivendole?"

Guidi: (conferma) "Sì, lo faccio."

La Zanzi e il Pubblico Ministero assistono mentre Gino Guidi appone la sua firma sul documento, confermando ufficialmente le dichiarazioni che aveva fatto in precedenza. La procedura è completata, e la Zanzi ringrazia il benzinaio per la sua collaborazione.

Zanzi: (conclude) "Grazie, signor Guidi. La sua collaborazione è di fondamentale importanza. Rimanga a disposizione per eventuali chiarimenti."

Guidi esce dalla stanza, mentre la Zanzi e il Pubblico Ministero sorridono soddisfatti e, nel frattempo, valutano l'ulteriore impatto di queste dichiarazioni sulle indagini in corso.

La Zanzi, dopo la conferma del Guidi, chiede anche la conferma ufficiale davanti al Pubblico Ministero Dott. Devino delle dichiarazioni del postino Mario de Cesari.

Zanzi: "Signor De Cesari, grazie per essere qui. Abbiamo bisogno che lei confermi e sottoscriva quanto ha riferito spontaneamente il 3 gennaio."

Il postino, visibilmente attento, annuisce e si prepara a confermare quanto già dichiarato in precedenza.

Zanzi: (solenne) "Molto bene. Allora, per favore, prenda visione delle dichiarazioni che ha rilasciato il 3 gennaio. Dopo, se conferma che tutto è corretto, è necessario che apponga la sua firma davanti al Pubblico Ministero."

De Cesari legge attentamente le dichiarazioni e solleva lo sguardo in segno di conferma.

De Cesari: (conferma) "Sì, è quello che vi ho detto il 3 gennaio"

Il Pubblico Ministero Dott. Devino si avvicina, ascolta attentamente e si prepara a procedere con la formalità.

Devino: "Signor De Cesari, è disposto a confermare ufficialmente queste dichiarazioni sottoscrivendole?"

De Cesari: (conferma) "Sì !"

La Zanzi e il Pubblico Ministero osservano mentre Mario de Cesari appone la sua firma sul documento, confermando ufficialmente quanto dichiarato spontaneamente. La procedura è completata, e la Zanzi ringrazia il postino per la sua collaborazione.

Zanzi: (conclude) "La ringrazio, signor De Cesari, è stato di enorme aiuto per le indagini, grazie può andare"

De Cesari lascia la stanza, e la Zanzi e il Pubblico Ministero sono molto soddisfatti del risultato raggiunto.

Zanzi: "Dottore, siamo giunti al punto d'arrivo. Abbiamo tutti gli elementi necessari, ed è giunto il momento di procedere con l'ordine d'arresto. Abbiamo i testimoni chiave e il movente è chiaro."

Devino, un po' sospettoso, vuole essere certo delle basi su cui procedere all'arresto.

Devino: (sospettoso) "Su che basi procediamo a un arresto? È sicura di avere tutti gli elementi e il movente?"

Zanzi: (decisa) "Sì, Dottore, abbiamo i testimoni e movente. Stiamo parlando di un omicidio premeditato con motivazioni finanziarie"

La Zanzi presenta al Pubblico Ministero tutte le prove raccolte, collegando gli elementi cruciali e dimostrando la validità della sua richiesta di arresto.

Zanzi:"Gli elementi sono solidi, e la coerenza tra le testimonianze, i dettagli emersi durante gli interrogatori e il movente finanziario rendono l'ordine d'arresto giustificato. Possiamo agire con assoluta tranquillità e fermezza"

Devino, dopo aver esaminato attentamente le prove presentate dalla Zanzi, si convince della validità dell'azione.

Devino: (concede) "Va bene, preparo l'ordine d'arresto. Ma voglio essere certo che abbiamo tutto quanto serve."

Zanzi: (assicura) "Siamo pronti, Dottore. Abbiamo fatto ogni passo necessario per garantire che giustizia sia fatta."

Devino procede e prepara l'ordine d'arresto, e la Zanzi, insieme alla sua squadra, attende con ansia il momento in cui finalmente si chiuderà il cerchio intorno all'assassino di Giuseppe Pertignetti.

Alle ore 16:00 del giorno 11 gennaio 2024, Leo, Marco e Mario entrano nella sala d'attesa dove si trovano lo chef Claudio Improta, Enrico Cingoletti con i rispettivi avocati ed Alessandro Giovinetti con il suo Avv. Ermanno Corti. L'atmosfera è tesa, Il Vice Ispettore Marco Taglini si avvicina ad Alessandro Giovinetti

Marco: "Signor Giovinetti, la pregherei di seguirci in sala interrogatori insieme al suo avvocato."

Alessandro Giovinetti guarda brevemente il suo avvocato, visibilmente preoccupato, e si alza dalla sedia.
I tre investigatori conducono Alessandro Giovinetti e l'avvocato verso la sala interrogatori.

Nella sala interrogatorio, la Zanzi, il Dott. Devino e un agente addetto alle trascrizioni, sono in attesa dell'Avv. Ermanno Corti e del suo assistito, Alessandro Giovinetti.

Quando finalmente la porta si apre, l'Avv. Ermanno Corti entra con passo deciso, seguito da Alessandro Giovinetti.

La Zanzi si alza in piedi, così come il Dott. Devino e l'agente, in segno di rispetto. L'Avvocato Corti fa un cenno di saluto alla Zanzi, che ricambia con un lieve inchino della testa.

Zanzi: "Avvocato Corti, la ringrazio per essere di nuovo qui. Si accomodi, prego, insieme al suo assistito."

L'avvocato e Alessandro Giovinetti si siedono, mentre il Dott. Devino e l'agente prendono nuovamente posto.

La Zanzi fa una domanda: "Signor Giovinetti, conferma di aver parlato con il signor Pertignetti solo per 4 o 5 minuti il 30 dicembre 2023?"

Giovinetti, visibilmente nervoso, lancia uno sguardo all'avvocato Corti prima di rispondere in modo vago.

Giovinetti: (incerto) "Sì, penso di sì. Non ricordo bene."

La Zanzi prosegue con un'altra domanda cruciale.

Zanzi: "Conferma che al momento della sparizione del signor Pertignetti lei si trovava nella sala del ristorante?"

L'avvocato Corti interviene immediatamente.

Avv. Corti: "Il mio assistito si avvale della facoltà di non rispondere."

La tensione aumenta, ma la Zanzi non si scompone.

Zanzi: (irritata) "È certo di essere arrivato a casa alle ore 01.20?"

Giovinetti risponde con un semplice "sì", ma la Zanzi non si ferma qui.

Zanzi: "È sicuro di essere andato a letto e di non essere più uscito da casa?"

Giovinetti, impacciato, scambia uno sguardo nervoso con il suo avvocato, che risponde al posto suo.

Avv. Corti: "Il mio assistito si avvale della facoltà di non rispondere."

La Zanzi, a questo punto capisce che questa interrogazione potrebbe essere più complicata del previsto.

Notando l'atteggiamento evasivo di Alessandro Giovinetti, decide di affrontare direttamente la questione dei soldi e pone una domanda cruciale.

Zanzi: "Signor Giovinetti, quanti soldi doveva ancora al signor Pertignetti?"

Alessandro Giovinetti, risponde in modo vago.

Giovinetti: "Un po'..."

La Zanzi, sempre più irritata, non accetta una risposta così evasiva.

Zanzi: (urlando) "Un po'"!!! " non è una risposta chiara! QUANTI?"

L'avvocato Corti interviene con la solita affermazione standard.

Avv. Corti: "Il mio assistito si avvale della facoltà di non rispondere."

La Zanzi, oramai su tutte le furie, decide di prendere in mano la situazione.

Zanzi: (decisa) "Bene, allora adesso le spiego io come sono andati i fatti!"

Alessandro Giovinetti, preoccupato, mostra segni di angoscia e tremore,

La suspense è al massimo e la Zanzi rivela i dettagli intricati della situazione finanziaria di Alessandro Giovinetti.

Il viso del Giovinetti è quello di una persona sconvolta.

Zanzi: (accusatoria): "Signor Giovinetti, le nostre indagini presso il Notaio Cafone e l'Agenzia delle Entrate hanno portato alla luce un accordo di vendita per € 50.000. Tuttavia, sembra che ci fosse anche un accordo segreto, del quale, nemmeno la moglie Elisa Buttoni era a conoscenza: una parte non fatturata di € 30.000."

Zanzi: (continua) "Nessuno doveva essere a conoscenza di questo accordo, ma il Chef Claudio Improta, non avendo ricevuto dal signor Pertignetti gli arretrati, ne era venuto a conoscenza. Inoltre il Pertignetti l'aveva anche riferito anche al signor Mario de Cesari, il quale, durante il lockdown, gli aveva prestato € 10.000 per far fronte a delle spese."

La Zanzi, oramai a ruota libera prosegue con l'accusa.

Zanzi: (con voce incalzante) "Il signor Pertignetti, però, dei € 30.000 pattuiti, non ha mai ricevuto nulla. Lei ha effettuato pagamenti solo per € 25.000 attraverso bonifici regolari sul conto del Pertignetti."

Giovinetti:"Vice Questore, mi dispiace sentire di questa supposta rivelazione del Pertignetti al Chef Improta e al signor de Cesari. Posso solo ipotizzare che Pertignetti volesse causare problemi e creare scompiglio nella mia vita e nei miei affari. Non riesco a spiegarmi perché avrebbe condiviso informazioni così sensibili con altre persone. Forse Pertignetti era infastidito per il ritardo nei pagamenti, e, nella sua rabbia, ha iniziato a inventare storie per danneggiarmi. Chiaramente, la situazione è complicata, ma non ho mai avuto intenzione di nascondere nulla. Ho sempre affrontato i miei debiti in modo onesto e trasparente. Chiedo solo di prendere in considerazione il mio stato d'animo attuale, son sconvolto da queste rivelazioni, e di non trarre conclusioni affrettate. La mia vita è stata completamente messa sottosopra da queste accuse, e spero che la giustizia possa fare luce su questa intricata situazione."

L'avvocato Corti cerca di difendere il suo assistito, cercando di gettare dubbi sulla credibilità della Zanzi. La luce illumina il volto teso dell'avvocato, mentre la Zanzi, irritata, ascolta le sue parole.

Avv. Corti: (in tono sarcastico) "Commissario Zanzi, sembra quindi che lei stia fantasticando. Con la sua immaginazione così vivida, potrebbe scrivere dei romanzi gialli. Forse sarebbe più adatta a quella professione."

La Zanzi, irritata, reagisce quindi con fermezza alla provocazione.

Zanzi: (con tono deciso) "Bene, avvocato Corti, se è così, allora adesso vi racconto come è stato ucciso il Pertignetti e chi lo ha ucciso."

La Zanzi procede con la ricostruzione dei fatti, descrivendo con precisione ogni dettaglio dell'assassinio di Giuseppe Pertignetti all'avvocato Corti, ad Alessandro Giovinetti e al P.M. Dott. Devino.

Il suo racconto è meticoloso e dettagliato.

Zanzi: (inizia) "Il giorno 30, alle ore 18.36, Alessandro Giovinetti riceve una telefonata da Giuseppe Pertignetti. La telefonata dura esattamente 17.23 minuti. È importante notare che Pertignetti non era in casa al momento della chiamata, come indicato dal tracciamento del suo cellulare, che è stato agganciato dalle celle situate in Via Dalmazia, ben lontano dalla sua abitazione. Questo perché? Perché il Pertignetti non poteva far sentire la telefonata a sua moglie, in quanto Elisa Buttoni non era a conoscenza del loro accordo segreto."

La Zanzi prosegue con la sua narrazione.

"Durante questa telefonata, Giovinetti informa Pertignetti che l'indomani sera, quando andrà a cena al ristorante, gli darà la somma di € 5.000 in contanti."

L'avvocato Corti accusa ancora la Zanzi di raccontare un'altra sua storia di fantascienza senza prove. La Zanzi, dal canto suo, determinata a dimostrare la sua tesi, si prepara a presentare le prove.

Zanzi: (seria) "Avvocato Corti, capisco le sue perplessità, ma non stiamo parlando di fantasia. Abbiamo prove concrete che sostengono quanto sto dicendo."

(Rivolta ad un agente) "Porti dentro gli elementi raccolti finora."

Un agente della polizia entra nella stanza con un fascicolo contenente documenti, foto e registrazioni.

Zanzi: (prosegue) "In questo fascicolo, troverà i record delle celle telefoniche che dimostrano la posizione di Giuseppe Pertignetti al momento della telefonata. (mostra le carte) Qui, può vedere chiaramente che il cellulare era in una zona completamente diversa dalla sua abitazione."

L'avvocato Corti inizia a sfogliare il fascicolo, apparentemente più interessato a quanto emerso.

Avv. Corti: (sfoglia il fascicolo) "Bene, bene, Commissario Zanzi. Abbiamo qui una telefonata e supposizioni basate su presunte rivelazioni di terzi. Queste sono solo parole, non prove concrete."

Zanzi: (con tono deciso) "Avvocato Corti, siamo di fronte a elementi che vanno oltre una semplice conversazione telefonica."

Avv. Corti: "Non vedo prove tangibili che dimostrino il coinvolgimento di mio cliente in un reato."

Zanzi: (con fermezza) "Avvocato, abbiamo un quadro che si sta chiarendo. Queste non sono solo parole al vento. C'è un disegno dietro a tutto questo, e il suo cliente è al centro di esso."

Avv. Corti: (sorride) "Sono qui per difendere il mio assistito, e finché non avremo prove concrete, queste sono solo congetture."

Zanzi: (continua) Questi non sono i soli elementi. Abbiamo anche testimonianze che collegano Giovinetti al mancato pagamento degli arretrati a Claudio Improta e al presunto accordo segreto con Pertignetti. E questo è solo l'inizio, mi dia il tempo necessario per spiegarle tutto e farle vedere le prove in nostro possesso"

L'avvocato Corti continua ad analizzare i documenti, mentre la Zanzi, sicura delle proprie argomentazioni, aspetta la sua reazione Alessandro Giovinetti mostra segni di nervosismo e apprensione.

La Zanzi espone con precisione e chiarezza le prove a disposizione dell'avvocato Corti, evidenziando il ruolo delle lettere inviate da Giuseppe Pertignetti a Claudio Improta.

Zanzi: (seria) "Avvocato Corti, permetta che le spieghi in modo particolareggiato le nostre prove. Lo chef Claudio Improta riceveva occasionalmente delle lettere con cui il Pertignetti lo rassicurava sul debito che aveva nei suoi confronti. Queste lettere, venivano portate a mano da dei ragazzi che il Pertignetti conosceva e contenevano messaggi scritti a mano."

Zanzi mostra alcune copie delle lettere al tavolo, garantendo che l'avvocato possa vederle da vicino.

Zanzi: (prosegue) "L'ultima di queste lettere è arrivata intorno alle 20:00 ed è datata 31 dicembre 2023. Il Sous Chef, Alberto Nicola, ha visto il contenuto di questa lettera e ne ha fatto una fotografia, che ora possiamo presentare come prova tangibile.

Il testo di questa lettera è molto significativo:

Stai tranquillo, questa sera dopo i fuochi, Alessandro mi ha assicurato che mi darà € 5.000 appena sono in mio possesso, te li giro, Giuseppe"

Zanzi presenta le foto della lettera, mettendo in evidenza il contenuto rilevante, il legame tra Alessandro Giovinetti e il debito segreto che aveva nei confronti di Giuseppe Pertignetti.

Zanzi: (conclude) "Queste lettere dimostrano chiaramente

che Pertignetti utilizzava questo mezzo per comunicare informazioni riservate a Improta, evitando così possibili intercettazioni da parte della Guardia di Finanza e, presumibilmente, anche dalla moglie.

Questo è un elemento essenziale nella nostra ricostruzione degli eventi. Queste prove, unite alle testimonianze e agli altri elementi raccolti, indicano chiaramente che c'era un accordo segreto tra Pertignetti e Giovinetti, che il debito esisteva e che Pertignetti si aspettava di ricevere € 5.000 proprio la sera della sua morte."

La Zanzi, con un'espressione concentrata, continua a dettagliare la dinamica del delitto all'avvocato Corti.

Zanzi: "Avvocato Corti, ora passiamo alla ricostruzione dei fatti nel momento dell'omicidio. Alessandro Giovinetti aveva organizzato un appuntamento con Pertignetti durante i fuochi d'artificio, nel magazzino del ristorante, lontano da occhi indiscreti e in caso di discussione il botti dei fuochi avrebbero coperto le loro voci."

La Zanzi mostra una piantina del ristorante per illustrare la disposizione dei locali.

Zanzi: (prosegue) "Nel magazzino, Alessandro consegna a Pertignetti una busta, con i soldi promessi. Quando Pertignetti si gira per contare i soldi, Alessandro estrae il filo a due mani per tagliare il formaggio di proprietà dello Chef Improta e lo avvolge attorno al collo della vittima. In meno di un minuto, il Pertignetti è soffocato."

La Zanzi simula il gesto di soffocamento con le mani per rendere più chiara la dinamica dell'omicidio.

Zanzi: (continua) "La vittima si accascia a terra in ginocchio, e Alessandro Giovinetti, con freddezza, lo mette dentro una saccone per la biancheria sporca e lo deposita nella cella Turbo Freezer, chiudendola a chiave, questo per depistare l'orario della morte abbassando velocemente la temperatura corporea."

La Zanzi mostra un'immagine schematica della cella Turbo Freezer.

Zanzi: (prosegue) "Successivamente, Alessandro Giovinetti passa dal magazzino alla cucina, dove abbandona il filo a due mani nella sacca dei coltelli dello Chef. Prende le chiavi del pick up e, mentre esce dalla cucina, incrocia i cuochi che rientrano dopo aver visto lo spettacolo pirotecnico.

Quando il Sous Chef gli chiede cosa stia facendo in cucina, Alessandro si crea un alibi dicendo stava cercando il Pertignetti."

La Zanzi conclude la sua ricostruzione, guardando attentamente l'avvocato Corti e nel frattempo valutare la sua reazione.

Giovinetti: (alza la mano per intervenire) "Ascoltatemi, per favore. Questa è una storia distorta. Non c'è alcuna prova che dimostri il mio coinvolgimento in tutto questo."

Zanzi: (con fermezza) "Abbiamo testimonianze, tracce, e circostanze che suggeriscono il contrario. La sua versione potrebbe essere un tentativo di giustificare ciò che è accaduto."

Giovinetti: (agitato) "Ma sono innocente! Non ho ucciso Pertignetti. Non c'è alcuna ragione per cui dovessi farlo."

Zanzi: (guardando fisso Giovinetti) "Le indagini non mentono, signor Giovinetti. Abbiamo il dovere di portare alla luce la verità, qualunque essa sia. La giustizia farà il suo corso."

Il volto di Alessandro Giovinetti riflette una profonda preoccupazione, accompagnata da un'agitazione palpabile.

I suoi occhi, sicuri e decisi, sono ora offuscati da un'espressione di smarrimento. Le rughe della sua fronte sono più accentuate, testimonianza di una tensione che si è impadronita di lui.

Il suo corpo, che di solito manteneva una postura fiera, è ora inclinato in avanti, come se il peso delle parole della Zanzi lo stessero schiacciando. Le sue mani, si stringono nervosamente tra loro, rivelando la profonda agitazione. La disperazione oramai è dipinta sul suo viso.

Il racconto dettagliato della Zanzi l'aveva colpito nel profondo, svelando la trama intricata del suo coinvolgimento nell'omicidio di Pertignetti. Aveva capito che le prove erano tutte contro di lui.

In sintesi, il corpo di Alessandro Giovinetti era una miscela di ansia, rimorso e paura mentre affrontava la cruda realtà delle accuse mosse dalla Zanzi.

La sua figura, imponente, ora era segnata dalla tensione come se il suo mondo stava crollando attorno a lui.

La Zanzi, con un'espressione severa e risoluta, prosegue con la sua ricostruzione, inserendo gli ultimi tasselli al puzzle che portavano ad una conclusione ancora più inquietante.

La Vice Ispettore dipinge con parole circostanziate gli ultimi movimenti di Alessandro Giovinetti dopo l'omicidio.

"Alessandro Giovinetti, dopo aver soffocato Giuseppe Pertignetti nel magazzino del ristorante, cercò di crearsi un alibi. Prima accompagna a casa Elisa Buttoni poi si fa portare a casa da Fausto, un cameriere del Pesci Vivi, per crearsi l'alibi dell'ora del rientro
Poco dopo però uscì di casa e sapendo della temporanea assenza della nipote dello Chef Improta, che era in vacanza in Brasile."

La Zanzi delinea con precisione i passaggi successivi: "Si recò a piedi a casa della nipote dello Chef. Da lì, prese il suo pick-up, caricò una carriola, si mise gli stivali Fabrizio De Giovanni, e si nascose nei pressi del Ristorante Pesci Vivi, attendendo pazientemente che tutti lasciassero l'area. Una volta sicuro che tutti i camerieri se ne fossero andati e che Claudio Improta avesse chiuso il ristorante, Giovinetti poté accedere e recuperare il corpo ormai raffreddato di Giuseppe Pertignetti."

La Zanzi, con la sua eloquenza precisa e meticolosa, chiude il cerchio della sua ricostruzione, sottolineando la determinazione e la freddezza con cui l'assassino aveva agito nel tentativo di eludere la giustizia.

La Zanzi ha così illustrato al Pubblico Ministero Devino e all'avvocato della difesa, ogni fase dell'oscura vicenda dell'omicidio di Giuseppe Pertignetti.

"Dott. Devino, abbiamo seguito passo dopo passo il percorso di Alessandro Giovinetti nella notte dell'omicidio. Dopo aver caricato il corpo di Pertignetti sul pick up, ha intrapreso un viaggio intricato sempre per depistare le indagini."

Con una precisione quasi chirurgica, la Zanzi descrive il percorso di Giovinetti attraverso le località chiave.

"Il suo primo passo è stato Borghetto Santo Spirito, dove, conoscendole, ha attraversato zone sorvegliate da telecamere. In questo caso però ha adottato una serie di accorgimenti, coprendo i capelli con un cappello a cuffia da pescatore e indossando occhiali per alterare i tratti somatici del volto, come il suo caratteristico naso aquilino.

Proseguendo verso Toirano, ha scelto una strada meno battuta, abbandonando la strada provinciale 1 e dirigendosi verso la Mainero.

Ha attraversato la parte ad Est di Toirano, arrivando alla Strada Provinciale 25 che lo ha condotto verso la via delle Grotte. Da qui, ha intrapreso un sentiero che lo ha portato a uno spiazzo."

La Zanzi con parole eloquenti descrive una scena nascosta tra gli arbusti, dove Giovinetti, prima ha posteggiato il pick up dopo con mano scarica la carriola e pone il corpo di Pertignetti. "

Dopo circa 300 metri di sentiero, giunge a una delle uscite delle Grotte.

Qui ha lasciato il corpo, lo ha estratto dal sacco, sapendo che la temperature delle Grotte è costante tra i 16°/18°, e questo è stato fatto sempre per depistare l'ora del decesso. Poi è tornato al pick-up per rientrare ad Albenga."

IL Giovinetti, ormai è agitatissimo e mostra segni evidenti di ansia. Le sue mani sono sudate, il viso assume una pallidezza quasi marmorea e la sua respirazione è affannata.

Questi sono i dettagli cruciali delle fasi finali del suo macabro piano.

La Zanzi, rivolgendosi al P.M. e all'avvocato della difesa, iniziò a delineare con precisione ogni dettaglio le ultime mosse di Alessandro Giovinetti dopo il delitto, costruendo un quadro meticoloso della sua condotta successiva.

"Dott. Devino, avvocato, ora entriamo nelle fasi successive all'omicidio.

Dopo aver compiuto il suo atroce gesto ed aver cercato di depistare le indagini, Alessandro Giovinetti riprende la Strada Provinciale n° 1.

Arrivato a Borghetto, gira a destra e si immette nella Strada Statale Aurelia in direzione di Albenga.

Al semaforo di Ceriale, si ferma perché è rosso. È in questo momento che Gino Gudi, proprietario della stazione di benzina sul marciapiede di fronte, riconosce il pick up di Fabrizio De Giovanni, un suo cliente abituale, guidato proprio da Alessandro Giovinetti."

Guidi fornisce un fondamentale filmato delle telecamere e ha confermato la sua testimonianza.

"Giovinetti, una volta superato il semaforo, fa ritorno alla casa della nipote di Improta.

Posteggia il pick up nello stesso posto, dedica una cura particolare alla pulizia del vano e poi procede allo scarico della carriola. Con attenzione, si toglie gli stivali, prende il sacco e lo riporta al ristorante. Gli esperti della Scientifica, hanno il riscontro facciale del video che conferma al 100% l'imputato quando è transitato di fronte al distributore di Ceriale.

Inoltre hanno effettuato una minuziosa analisi sia sulla carriola che sugli stivali indossati per portare il corpo all'interno della grotta ed hanno trovato della calcite Le Grotte di Toirano infatti sono un complesso di rocce sedimentarie, che si sono formate più di 200 milioni di anni fa e provengono da un ambiente marino e sono caratterizzate da un elevato contenuto di carbonato di calcio o calcite

Una volta al ristorante mette le chiavi del pick up al loro posto, ripone il sacco nel ripostiglio, inserendo tovaglie e grembiuli dei camerieri sporchi. Alle 05.45, rientra in casa."

Questa è la descrizione accurata e dettagliata, comprovata da prove delle azioni di Giovinetti nella notte tra il 31/12/2023 e il 01/01/2024.

Gli sguardi tra l'avvocato Corti e Alessandro Giovinetti dicevano più di mille parole. L'avvocato sembrava preoccupato e confuso, cerca di tranquillizzare Alessandro nonostante la situazione sembrasse sfuggirgli di mano. L'avvocato Corti, conscio delle prove schiaccianti presentate dalla Zanzi, cercava di trovare una soluzione, ma di fronte alla precisione e completezza delle informazioni, sembrava difficile difendersi.

Il volto di Alessandro Giovinetti, è colmo di paura e angoscia

Nel frattempo, la Zanzi, con calma si rivolge al Dott. Devino, e con un tono professionale : "Come procediamo, Dottore?"

Il Dott. Devino, chiede un attimo di tempo per fare una telefonata, esce dalla sala interrogatori e si dirige nella sala attigua, dove sono presenti Anna, Mario, Marco e Leo. Guarda il gruppo senza proferire parola e compone un numero sul telefono. Brevemente, spiega la situazione al Questore, che approva la decisione di procedere.

Il P.M. rientra nella sala interrogatori e rivolge la parola ad Alessandro Giovinetti e all'avvocato Corti, chiedendo se hanno qualcosa da aggiungere alla ricostruzione della Dott.ssa Zanzi.

L'avvocato e l'imputato si guardano in faccia senza proferire parola.

Devino, rivolgendosi alla Zanzi, conferma la decisione di procedere con l'arresto di Alessandro Giovinetti per l'omicidio di Giuseppe Pertignetti per

"omicidio premeditato con motivazioni finanziarie con l'aggravante occultazione di cadavere e alterazione della scena del crimine, depistaggio al fine di eludere l'indagine e

d'influenzare l'inchiesta sulla morte".

Ordina che l'arrestato venga trasferito, il giorno sucessivo, alla Casa Circondariale di Savona.

Alessandro Giovinetti, prima di lasciare la stanza degli interrogatori, si rivolge alla Vice Questore Zanzi "Vice Questore, anche se a mio malgrado devo complimentarmi con lei e la sua squadra, avete fatto un ottimo lavoro investigativo. Vi ho sottovalutato."

In queste parole, si intravede un misto di ammissione, di sconfitta e rispetto.

La Zanzi, a sua volta, con un tono professionale e mantenendo una certa riservatezza emotiva risponde

"La ringrazio, abbiamo fatto solo il nostro lavoro"

Due agenti presenti in sala si dirigono verso Alessandro Giovinetti, lo prendono sotto custodia e lo conducono in una stanza di sicurezza del Commissariato di Albenga.

GIORNO 12/01/2024

Nella mattina del giorno seguente, la Zanzi si reca al funerale di Giuseppe Pertignetti.

La chiesa è gremita di persone, tutte riunite per rendere omaggio al defunto.

L'atmosfera è carica di tristezza e silenzio, interrotti soldal suono sommesso di conversazioni a voce bassa.

Mentre la Zanzi si muove attraverso la folla, incontra gli sguardi di partecipanti commossi e condivide momenti di silenziosa solidarietà. La sua presenza durante il funerale trasmette un senso di giustizia che ha fatto luce sulla verità.

Raggiunge Elisa Buttoni, la moglie del defunto, scossa e addolorata.

I loro occhi si incontrano, e la Zanzi riesce a esprimere le proprie condoglianze con un semplice sguardo di compassione. Elisa, a sua volta, sembra apprezzare la presenza della Zanzi e della squadra investigativa in un momento così difficile.

Dopo la cerimonia, Elisa si avvicina alla Zanzi con occhi lucidi e voce commossa.

Le rivolge un sincero ringraziamento per gli sforzi profusi nel portare alla luce la verità sulla morte di suo marito.

La Zanzi accoglie le parole di gratitudine con un sorriso modesto, riconoscendo il dolore della donna e il bisogno di chiarezza in un momento così delicato.

Dopo la cerimonia funebre, il corpo di Giuseppe Pertignetti viene cremato come parte del processo di sepoltura.

L'urna, realizzata con materiali naturali e biodegradabili, è selezionata per consentire la dispersione delle ceneri in mare.

Elisa Buttoni, accompagnata dalla sorella Miranda e dal cognato, si avvia verso il porto dove l'attende Giuli, un pescatore che ha condiviso con Giuseppe l'amore per il mare sin dall'infanzia. L'atmosfera è impregnata di tristezza e di una solennità silenziosa, mentre il gruppo si avvia verso la barca di Giuli, ancorata con le onde che cullano delicatamente le imbarcazioni.

La barca, di legno robusto e dalle linee classiche, si muove con sicurezza sotto le abili mani di Giuli. Il mare, in quel momento, si offre calmo e riflette il cielo sereno. La luce del sole filtra attraverso le nuvole, creando un'atmosfera delicata e pacifica.

Navigando verso l'Isola Gallinara, Elisa tiene stretto tra le mani un'urna contenente le ceneri di Giuseppe. Il vento marino sfiora i loro volti, portando con sé il salmastro e lasciando un senso di solennità nell'aria.

Nel tratto di mare che separa l'isola Gallinara dal Ristorante Pesci Vivi, Elisa si avvicina al bordo della barca. Con gesto delicato, ma deciso, lascia scivolare l'urna nell'acqua, e con lo sguardo fisso all'orizzonte, pronuncia le sue ultime parole d'addio:

"Riposa in pace, amore mio, di fronte alla tua isola e al tuo ristorante che amavi tanto, ed io, ogni volta che guarderò l'isola, vedrò il tuo volto"

Printed in Great Britain
by Amazon